십자성
칠왕의 땅

십자성-칠왕의 땅 9

허담 新무협 판타지 소설

초판 1쇄 찍은 날 § 2016년 6월 14일
초판 1쇄 펴낸 날 § 2016년 6월 21일

지은이 § 허담
펴낸이 § 서경석

편집책임 § 조현우
디자인 § 신현아

펴낸곳 § 도서출판 청어람
등록번호 § 제387-1999-000006호
등록일자 § 1999. 5. 31
어람번호 § 제2-2663호

주소 § 경기도 부천시 원미구 부일로 483번길 40 서경B/D 3F (우) 14640
전화 § 032-656-4452 팩스 § 032-656-4453
http://www.chungeoram.com
E-mail § chungeorambook@daum.net

ISBN 979-11-04-90848-4 04810
ISBN 979-11-04-90503-2 (세트)

9

무황의 사자

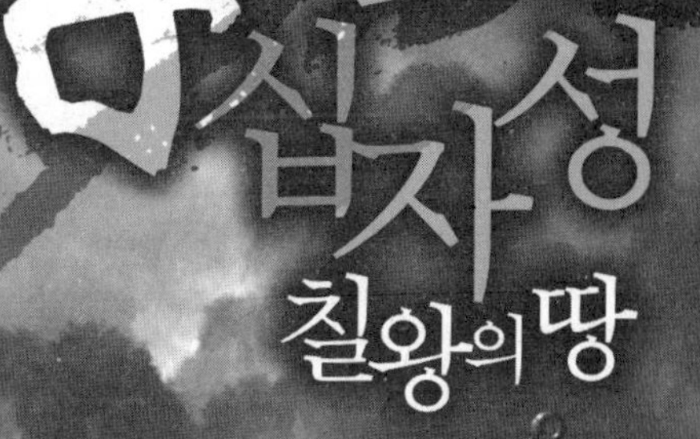

도서출판 청어람

허담 新무협 판타지 소설

FANTASTIC ORIENTAL HEROES

十字星
십자성
칠왕의 땅

目次

서장
늙은 왕

푸른 달빛이 창을 통해 밀려 들어왔다.

그 빛에 젖어든 안개도 열린 창으로 슬그머니 한 발을 들여 놓다가 방 안에서 일어나는 거대한 묵빛 기운에 밀려 급히 뒷걸음질을 쳤다.

"후욱!"

묵빛 기운 속에서 깊은 숨소리가 들렸다.

잠이 든 자의 숨소리는 아니었다. 누군가 새벽 가까운 이 깊은 밤까지 잠을 이루지 못하고 있는 것이 분명했다.

탁!

어둠 속에서 작은 마찰음이 들렸다. 그러자 홀연히 눈송이 같은 불꽃이 허공에 떠올라 실내를 밝혔다.

묵빛 기운이 순식간에 사라졌다. 순간, 기다렸다는 듯이 문 밖에서 한 사내의 목소리가 들렸다.

"주군!"

"있었는가?"

"그렇습니다."

"어인 일로?"

"통 잠을 못 이루시는 것 같아서……."

"번거롭게 했군."

"아닙니다. 좋은 밤입니다."

"후후……. 도우, 자네답군. 들게."

묵빛 기운이 사라진 곳에 노인이 웅크리고 있었다.

어둠 속의 노인은 마치 침상에 거대한 바위가 올라와 있는 듯한 느낌이었다. 그러나 자세히 보면 검은 옷 속으로 보이는 노인의 몸은 무척 말라 보였다.

노인은 여전히 몸을 웅크린 채 문을 열고 들어서는 중년의 사내를 응시했다.

중년 사내가 노인 앞에서 깊게 허리를 숙였다. 누가 보아도 극진한 존경의 의미를 담은 행동이다.

"그래 간밤에는 어떤 일이 있었는가?"

노인이 물었다.

"이밀과 호탄의 무사들 사이에 작은 충돌이 있었습니다."

"음……!"

노인이 나직한 신음을 흘렸다.

중년 사내는 더 이상 입을 열지 않았다. 자신이 전한 지난밤의 소식은 짧았지만 지금 노인이 처한 상황을 정확하게 설명할 수 있는 내용이기 때문이었다.

"현월문에 보낸 사자는?"

"아직……."

"며칠째지?"

"백 일째입니다."

"거절이군."

"……."

"어렵군."

노인이 한 손으로 턱을 괴며 말했다. 앙상한 그의 손을 고목처럼 마른 피부가 덮고 있었다.

"외람되지만……."

중년 사내가 조심스럽게 입을 열었다.

"말해보게."

"세 분 자제분 모두 부족함이 없는 듯합니다만, 그러니 주군께서 한 분을 선택해 후사를 정하기만 하면 모든 일이 순리대로 풀리지 않겠습니까? 지금의 분란은 후계가 명확치 않기 때문에 생기는 것 아닙니까?"

"불가하네."

"저로서는 이해가 되지 않습니다. 물론 세 분을 주군에 비할 수는 없지만 이 칠왕의 땅에서 그분들만큼의 능력을 지닌 자는 찾아보기 힘듭니다."

"묻겠네. 이밀성의 성주가 석림의 왕을 홀로 상대할 수 있겠는가?"

"물론 지금 당장은 부족하겠지요. 하지만 이십 년만 주어진다면, 그리고 주군께서 전왕의 무(武)를 온전히 전수해 주신다면 가능할 것입니다."

"두 가지 문제가 있네."

노인이 고개를 저으며 말했다.

"무엇입니까?"

"하나는 이밀 성주의 재주가 비록 뛰어나지만 결코 전왕의 무(武)를 얻을 수 없다는 것이네."

"이유를 모르겠습니다. 성주께서 친히 지도하신다면……."

"자질의 문제가 아니네. 전왕의 무는 오직… 전왕의 검이 있어야 완성되는 것이야."

"하지만 성주께선 전왕의 검이 없으셔도 그 무공이 가능하지 않았습니까?"

"운이 좋았던 거지. 교벽과 밀교의 문을 통과하면서 내 몸에 깃든 신혈의 힘이 모두 깨어났기에 가능한 일이었네."

"그런 것이었습니까?"

"음……."

노인이 무겁게 고개를 끄떡였다.

그러자 중년 사내가 잠시 침묵을 지키다가 다시 물었다.

"두 번째 문제는 무엇입니까?"

중년 사내가 물었다.

"전왕의 검이 없어도 이 땅을 지켜낼 수는 있네. 도우 자네 말대로 셋 중 하나를 후계로 정하고 전왕의 무(武) 십이경 중 팔경이나 구경 정도까지 수련할 수 있다면, 각 성의 성주들 도움으로 이 땅을 지켜낼 수 있을 것이네. 하지만 그러려면 자네 말대로 시간이 필요하네. 하지만 내게 주어진 시간은 길어야 오 년… 미리 예상했다면 대비했겠지만 이건 너무 급작스럽게 나타난 현상이라 나도 어쩔 수 없네."

"그래서 현월문에 사람을 보내신 거군요."

"음… 내게 생긴 문제를 풀 수 있는 곳은 오직 그곳뿐이니까. 혹은 그들이 내 몸에 생긴 문제를 풀지 못한다 해도 현월문주가 세 아이 중 한 아이를 후원한다면 역시 이 땅을 지켜낼 수 있다는 생각이었네. 하지만 언제나 그렇듯 현월문은 움직이지 않을 듯하군. 이 땅의 생명들이 다시 절망의 구렁텅이로 떨어져 노예로 살아갈지라도 말이다. 예상하지 못한 건 아니었어, 그냥 일말의 기대를 걸어본 거지."

"참… 고집스러운 자들입니다."

"음……."

노인이 고개를 끄떡였다.

"허면 이제 어쩌실 생각이십니까?"

"글쎄… 뭘 할까?"

노인이 되물었다.

중년 사내가 당황한 표정으로 대답을 하지 못했다. 그러자 노인이 희미하게 웃으며 말했다.

"사실 답은 간단해. 우린 그저 우리가 할 수 있는 일을 하면 되는 것이니까."

"할 수 있는 일이라는 게……?"

"앞으로 열흘, 열흘 안에 현월문에서 답이 없다면 모든 성주들을 소환한다. 그리고… 칠왕의 후예 모두를 정벌한다."

"주군!"

중년 사내가 놀란 표정으로 노인을 바라봤다.

"불가능한 일이라고 생각하나?"

"……."

"물론 불가능한 일이지. 그러나 내가 살아왔던 그 모든 시간이 사실을 불가능의 시간이었네. 하지만 난 언제나 그 불가능에서 승리를 취하고 살아남았어."

"그러나 만약 실패한다면……."

"그럼 묻겠네. 실패가 두려워 이 일을 하지 않는다면 내가 죽은 후 과연 이 땅이 얼마나 버티겠는가?"

"그건……."

중년의 사내가 대답을 하지 못한다.

"그러니 할 수밖에 없다. 운이 좋아 칠왕의 땅을 모두 손에 넣을 수 있다면, 내가 물려주는 것은 땅이 아니라 시간일 것이네. 세 아이가 자신들과 이 땅의 사람들을 지킬 수 있는 힘을 기를 시간을……."

"그럼 후계자를 정하시는 일은……?"

"이 싸움에서 자연스레 우열이 가려지겠지. 공을 세우는 자에게 사람들이 모일 테니까."

"그건 나쁘지 않군요."

"음… 하지만 이 싸움은 결국 하책 중의 하책이지. 승산이 오 할도 안 되니까."

노인의 말에 중년 사내의 표정이 급격하게 어두워졌다.

그는 알고 있었다. 사실은 일이 성공할 승산이 삼 할이 채 되지 않는다는 것을…….

노인의 말을 끝으로 침울한 침묵이 이어졌다. 그런데 그 무거운 침묵이 다른 사람에 의해 깨졌다.

"주군! 깨어계십니까?"

어둠을 뚫고 문 밖에서 누군가의 목소리가 들렸다.

"우하, 자네인가?"

"예, 주군!"

"이 새벽에 무슨 일인가? 얼른 들게."

노인의 말에 문이 열리면서 백의 노인 한 명이 문 안쪽으로 들어섰다. 단 한 올의 잡티도 찾을 수 없는 순백의 머리카락을 지닌 신비스러운 인물이었다.

"주군!"

백의인이 절제된 움직임으로 방 안의 노인에게 인사를 했다.

"이 새벽부터 무슨 일이신가?"

노인이 부드럽게 물었다. 앞서 중년 사내를 상대하던 것과는 확연히 다른 모습니다.

"잠시 자리를 비켜주게."

백의인이 중년 사내를 보며 말했다. 그러자 중년 사내가 순순히 대답했다.

"알겠습니다."

"문밖을 지키게. 누구도 접근치 못하게 하게."

백의 노인이 다부지게 말했다.

"명심하겠습니다."

중년인이 백의인이 단호함에 얼굴을 굳히며 대답하고는 장내를 벗어났다.

그러자 노인이 의아한 표정으로 백의인에게 물었다.

"아우님 대체 무슨 일이기에 도우까지 내보내시는가?"

"그자가 입을 열었습니다."

"모악 말인가?"

"그렇습니다."

"그쪽 사정은 어떻다던가?"

노인이 조금 우울한 표정으로 물었다.

"예상대로지요."

백의인이 침울하게 대답했다.

"그렇겠지."

노인이 고개를 끄떡였다.

"수십 년간 신혈족은 사냥당하고 감금당하고 또 야심가들의 도구로서 키워졌다고 합니다."

"음……."

노인이 나직하게 신음을 흘렸다.
“그런데 놈이 다시 칠왕의 땅으로 오던 십 년 전 큰 변화가 있었답니다.”
“어떻게 말인가?”
“신혈족들이 새로운 우두머리를 만나 칠가의 압박에서 벗어나 독립했다고 합니다.”
“신혈족이 새로운 우두머리를 찾아? 이상한 일이군. 누가 있어 그들을 칠가의 손에서 벗어나게 했을까? 더군다나 그 칠가의 뒤에 월문이 있었을 텐데?”
노인이 이해할 수 없다는 표정으로 물었다.
“십자성이라는 세력이 등장을 했다고 합니다.”
“십자성?”
“그렇습니다. 자세한 것은 더 추궁을 해봐야겠지만 그들의 등장 이후 무림의 상황이 크게 변했다고 합니다. 북두회로 칭해지던 칠가의 세력이 몰락하고 강호무림의 패권이 십자성에 넘어갔다고 합니다. 의천노공까지 십자성을 도모하기 위해 하산했으나 오히려 밀교의 문에 대한 소문이 강호에 퍼지면서 강호의 문파들이 월문을 공격하는 일이 벌어졌다고 합니다.”
“밀교의 문에 대한 진실이 그쪽 세상에 알려졌다는 건가?”
노인이 걱정스러운 표정으로 물었다.
“문의 실체가 알려진 것은 아닌 것 같습니다. 세상에는 이십팔룡의 유물이 문 안에 있는 것으로 소문이 났다고 합니다. 그래서 이십팔룡의 후예들과 강호의 야심가들이 우서한을 공격했답니다."

"흐음… 그가 참으로 곤란해졌겠군."

"자업자득이지요."

백의인이 차갑게 말했다.

"아직도 그를 원망하는가?"

"그가 주군께 한 일을 어찌 잊겠습니까?"

"후후, 그로선 어쩔 수 없는 일이었을 것이네. 알고 있지 않은가. 월문의 법사들이 어떤 자들인지."

"주군께선 어떻게 생각하실지 모르지만 저로선 용서가 되지 않는 일입니다."

"하하, 알겠네. 그래서 일이 어찌 되었다던가?"

"일의 결말은 모악 그 애송이도 모른답니다. 단지 우서한 그자와 월문의 문도들이 천하의 고수들을 모두 막아냈다고 생각했을 때, 십자성주가 나타나 우서한을 꺾고 문(門)을 아주 잠시 열었답니다. 그때 모악과 철륵이 문을 통과한 모양입니다."

"그래? 그런데 왜 다시 닫힌 거지?"

"그건 알 수가 없는 일이지요. 모악은 이미 문에 들어온 이후이고. 이후 모악과 철륵이 칠왕의 땅 변경에 은신해 있던 시간이 십여 년이니 그사이 어떤 변화가 생겼을 지는 또 모르겠습니다."

백의인이 대답했다.

그러자 노인이 고개를 끄떡이다가 문득 눈빛을 빛내며 다시 물었다.

"그런데 아우님이 그 이야기를 하자고 이 새벽에 온 것은 아닌 것 같은데……?"

"맞습니다. 이곳의 일도 아니고 명계의 일인데 새벽부터 주군을 찾아올 일은 아니지요."

"그럼 다른 일이 있다는 거군."

"그렇습니다."

백의인이 심각한 표정으로 대답했다.

"말해보게."

"…그 십자성주란 자 말입니다."

백의인이 잠시 말을 끊었다. 노인은 조급해 하지 않고 백의인을 말을 기다렸다.

"아무래도 그자가 주군의 검을 가지고 있는 듯합니다."

"전왕의 검?"

"그렇습니다. 모악의 말에 따르면 그가 불의 성의 애송이를 상대할 때나 혹은 우서한을 상대할 때 신검을 사용한 것 같다고 하더군요. 그래서 그 신검의 모양과 특징을 자세히 물어보니……."

"확실한가?"

노인이 확인하듯 물었다.

"분명한 것 같습니다."

"그럼 둘 중 하나군."

노인의 표정이 심각하게 변했다.

"그래서 이 새벽에 아니 올 수 없었습니다. 다른 때라면 모를까 지금 같은 때에는……."

백의인이 말꼬리를 흐렸다.

"하아… 설마 그 아일까?"

"모악에게 십자성주에 대해 추궁한 결과를 보면 거의 확실한 것 같습니다. 특별한 신혈의 능력을 지녔고, 그 외모가……."

"음……."

"우서한 그는 역시 믿을 만한 사람이군."

"갑자기 그게 무슨 말씀이십니까?"

백의인이 의아한 표정으로 물었다.

"십자성주라는 자가 그 아이가 확실하다면 그에게 그 검을 전해준 사람은 분명 우서한일 걸세."

"왜 그렇게 생각하십니까? 그리고 이해되지 않는 이야기 아닙니까? 우서한이 왜……?"

"내가 부탁을 했거든."

"예?"

"유하와 아이에게 뭔가를 남기고 싶었어. 내게 가장 소중한 것을 말일세. 그래도 두 사람에겐 위로가 되지 않겠지만."

"허면 전왕의 검을 잃어버리신 것이 아니라……."

"맞네. 우서한에게 내가 직접 넘긴 거네. 아이에게 신혈의 기운이 나타나면 전해주라고. 우서한은 그 약속을 지킨 것이고."

"주군 어찌 그런 위험한 일을… 당장 검의 부재로 지금 겪고 있는 이 곤란을 예상하지 못하셨단 말입니까?"

"나 자신에 대한 자신이 있었으니까. 하지만 내 수명이 짧아질 것을 예상할 수는 없었지 않은가? 그런 건 사실 아우가 충고를 해줬어야지."

노인이 빙그레 미소를 지었다.

"주군……!"

"아무튼 좋아. 일이 그렇게 되었단 말이지? 그리고 녀석이 우서한을 꺾고 문을 열었다고 했고?"

"그렇습니다."

"우서한이 파마시를 썼다던가?"

"그런 듯합니다."

"놀랍군. 서른 이전일 텐데……."

"저도 그 이야기를 듣고는 놀랐습니다. 아무리 신검을 가지고 있더라도……."

백의인도 턱을 저으며 중얼거렸다. 그런 백의인을 노인이 낮은 목소리로 불렀다.

"아우!"

"예. 주군."

"우리에게 세 번째 기회가 찾아온 것 같지 않나?"

"주군… 설마?"

"교벽의 주기를 얼추 추산할 수 있지?"

"하지만 오차가 석 달입니다."

"상관없네. 석 달쯤이야. 아우는 오늘 당장 뇌산으로 가게. 가서 교벽을 기다리게."

"주군……"

백의인이 당혹한 표정을 지었다. 그러나 노인은 거침없이 명했다.

"기한은 일 년, 그 안에 도착하지 않으면 난 전쟁을 선택할 걸세. 자네도 알다시피 승산은 오 할도 되지 않아."

"신검을 가지고 올 확률도 그리 높지는 않습니다."

"신검이 아니네."

"예?"

"그 아이를 데려와. 우서한을 꺾은 그 아이를!"

노인이 거부할 수 없는 단호한 말투로 명을 내렸다.

제1장
칠왕의 땅에서 온 자(者)

좌아악!

백두의 여름은 짧다. 그러나 그 짧은 여름을 틈타 뿌려대는 폭우는 너끈히 천지에 일 년 동안의 물을 공급하기에 충분했다.

벌써 칠 일째, 백두를 중심으로 계속 비가 내리고 있었다. 하루 이틀의 폭우라면 모를까. 칠 일째 계속되는 비로 사람은 물론 동물도 움직이지 못했다.

곳곳에서 산사태가 일어나고, 누런 황톳물들이 계곡과 강을 따라 흘렀다.

이렇게 한 번 난리를 치르고 나면 땅은 또 새로운 힘을 내고, 얼마 지나지 않아 그 힘으로 세상은 푸르게 변할 터였다.

그러나 뒷일이야 어쨌든 최근의 백두는 사람이 단 십여 장을 이동하기 힘들 만큼 거친 폭우에 몸살을 앓고 있었다.

그런데 어느 순간 그 강렬한 폭우를 뚫고 누군가의 기척이 느껴졌다. 그리고 잠시 후 그나마 폭우의 기세가 덜한 아름드리나무 밑에 다섯 명의 죽립인이 모습을 드러냈다.

"참 지겹게도 오네."

죽립을 쓴 자 중 하나가 슬쩍 죽립을 들어 올리며 투덜거렸다.

쏴아악!

장막처럼 내리는 폭우 저편에서 강렬한 물줄기 소리가 들렸다. 수일간의 폭우로 수량이 급격하게 늘어난 폭포 소리였다.

"이제 돌아가는 것이 어떻겠소?"

문득 다른 죽립인이 입을 열었다. 그러자 일행 중 가장 뒤쪽에 서 있던 자가 고개를 저었다.

"아직은 아니오."

"아니 이 폭우 속에서 정말 사람을 찾을 수 있겠소?"

"좌령주께서 지목하신 장소가 있소. 그곳을 확인하고 끝냅시다."

"음… 맹 노사의 지목이 있었다면 확인은 해봐야겠지."

돌아갈 것을 권했던 죽립인이 고개를 끄떡였다.

"그 장소가 어디요?"

이번에는 가장 앞에 서서 폭우를 뚫고 폭포를 응시하고 있던 자가 물었다.

"거의 다 왔소. 저 폭포 위쪽이오."

"폭포 위라… 쉬운 길은 아니구려. 산이 가파른데다 모두 절벽으로 이뤄져 있어서. 다른 때라면 폭포 주변을 따라 오를 수 있을 테지만 지금은 그곳조차도 물이 흐르고 있으니."

"그나마 오른쪽 절벽이 나아 보이는데요?"

또 다른 죽립인이 말했다.

"그렇군. 자자, 모두 힘들 내자고. 오늘이 끝이니 말이야."

"알겠습니다."

다른 죽립인들이 대답하자 일행을 독려했던 자가 앞서서 나무 밑을 벗어나 폭우 속으로 나섰다.

길은 험했다. 거의 수직으로 서 있는 절벽에서 의지할 것이라고는 비쭉비쭉 튀어나온 작은 바위나 혹은 위태롭게 자란 키 작은 나무들이 전부였다.

그러나 그럼에도 불구하고 죽립을 쓴 자들은 능숙하게 절벽을 올랐다. 수 일간 비에 젖어 미끄럽기 이를 데 없는 절벽임에도 죽립인들은 날짐승처럼 절벽을 탔다.

어떤 자는 단 한 번의 도약으로 수장을 날아올랐고, 또 어떤 자는 손발을 이용해 거미처럼 미끄러지지도 않고 절벽을 기어올랐다.

그 능숙한 움직임에 보통 사람이라면 하루가 걸려도 오르지 못할 절벽을 죽립인들은 채 반 시진이 되지 않아 폭포 정상에 도착했다.

“읏차!”

가장 먼저 절벽 위에 당도한 굴강한 사내가 마지막 힘을 주어 훌쩍 허공으로 떠올랐다.

그러자 그의 몸이 폭우를 뚫고 새처럼 날아오르더니 이내 깃털처럼 사뿐하게 폭포 위 한쪽 바위 위에 내려섰다.

그의 장대한 몸을 생각하면 너무도 가벼운 움직임, 더군다나 죽립 위로 떨어진 빗줄기가 그의 몸에는 거의 닿지 않는 것으로 보아 본신의 진기를 사용하는 무림인이 분명했다.

투툭!

그의 뒤를 따라 다른 죽립인들 역시 절벽 위로 내려섰다.

“참 기이한 곳이군.”

가장 먼저 산 위에 오른 건장한 체구의 사내가 죽립을 들어 주변을 살피며 말했다. 여전히 쏟아지고 있는 빗속으로 엄청난 물을 토해내고 있는 동굴이 보였다.

그 동굴 위쪽으로 거대한 봉분 같은 바위 봉우리가 둥글게 서 있었고, 봉우리 위에는 수백 년은 됨직한 소나무들이 기이한 모양으로 무리를 이루며 서 있었다.

그리고 송림의 왼쪽, 백두의 거대한 산림이 내려다보이는 곳에 벼락에 맞아 검게 그을린 소나무 한 그루가 기둥만 남은 채 서 있었다.

폭우가 시작되고 이틀 째 되던 날 하늘이 무너지는 것처럼 강력한 벼락의 무리가 백두 인근에 뿌려졌다.

산을 타던 자들은 감히 동굴 밖으로 나오지 못했고, 빗줄기처럼 쏟아지는 벼락에 맞아 죽은 들짐승도 적지 않았다.

"봉우리로 오릅시다."

마지막으로 절벽에 오른 자가 눈빛을 빛내며 말했다.

"좌령께서 말씀하신 곳이 저기요?"

보통 체구를 지녔음에도 다른 사람들보다 훨씬 강렬한 기운을 지닌 자가 물었다.

"그렇소이다. 저 소나무 인근을 살핍시다."

"알겠소이다. 모두 봉우리로 올라 주변을 살피게."

"알겠습니다."

죽립을 쓴 자들이 사내의 명에 따라 일제히 신형을 날렸다. 그러자 명을 내린 사내도 물줄기를 쏟아내는 동굴 위 봉우리를 향해 걷기 시작했다.

"후욱, 후욱! 으음… 이건 정말 생각보다 지독하군. 나도 늙은 건가? 벌써 닷새가 지났는데 회복이 되지 않으니……."

한눈에 봐도 곧 숨이 끊길 것 같은 노인이 기울어진 바위 아래 그나마 비를 피할 수 있는 곳에서 연신 숨을 몰아쉬고 있었다.

바위 안쪽 벽에 등을 기댄 노인은 한 손으로 가슴을 지그시 누르고 있었는데, 두 다리로 가부좌를 틀었지만, 만약 등 뒤 바위벽이 없으면 결코 가부좌를 유지할 수 없을 것 같았다.

촤아악!

그의 머리 위에서 빗물이 바위를 타고 강물처럼 쏟아졌다.

어찌 보면 작은 폭포 같기도 해서 가까이 다가서지 않으면 누구도 노인의 존재를 알아챌 수 없는 장소였다.

자연이 만든 은밀한 공간에서 노인은 홀로 죽음과 맞서 싸우고 있는 듯보였다.

그런데 북두의 외로운 봉우리 그 은밀한 공간에 인기척이 느껴졌다.

한순간, 노인의 눈빛이 번쩍였다. 그 눈빛은 눈앞에 흘러내리는 빗줄기를 뚫고 수백 장 밖도 볼 수 있을 듯 강렬했다. 결코 죽어가는 노인의 눈빛이라고 할 수 없었다.

그러나 그것도 잠시, 노인의 눈에 가득했던 그 강렬한 기운은 순식간에 사라졌다. 그리고 그의 입에서 잠시 잊었던 신음이 다시 흘러나왔다.

"으으……!"

나직하게 흘러나오는 노인의 신음을 들었을까. 멀리서 느껴지던 인기척이 빠르게 가까워졌다. 그리고 급기야 죽립을 쓴 사내가 바위 안쪽으로 고개를 들이밀어 노인의 존재를 확인했다.

"여깁니다."

사내가 노인을 발견한 즉시 소리쳤다. 그러자 사방에서 죽립을 쓴 자들이 바위 아래로 모여들었다.

그리고 그중 한 명이 바위 안쪽으로 들어가 노인 앞에 무릎을 굽히고 앉았다.

"괜찮소?"

노인 앞에 앉은 사내가 급히 물었다. 그러자 노인이 힘겹게 시선을 돌려 사내를 보며 놀란 듯 소리쳤다.

"아! 여기서 사람을 보다니. 하늘이 날 살리려나 보오. 나 좀 도와주시오. 번개에 맞은 나무가 쓰러지면서 그 아래 깔리는 통에 그만 몸을 심하게 다쳤소."

노인이 힘겹게 말했다.

그러나 노인 앞에 앉은 사내는 노인을 몸을 살피는 대신 조금 냉정한 표정으로 말했다.

"어디서 왔소?"

"산 아래 마을에서 약초를 캐러 왔소. 보름 길 걸리는 곳인데……."

"그만하시오. 난… 교벽을 알고 있는 사람이오."

죽립의 사내가 노인이 말을 끊으며 말했다. 순간 노인의 눈빛이 다시 한 번 강렬한 기운을 흘렸다.

그 기세에 놀라 죽립의 사내가 자신도 모르게 노인에게서 살짝 멀어졌다. 그러나 잠시 후 죽립의 사내가 이내 침착함을 회복하고 노인에게 다시 물었다.

"벽루의 맹약을 아오?"

그러자 노인이 대답 없이 물끄러미 사내를 바라보다 가볍게 고개를 끄떡였다.

"좋소. 그럼 내가 어디서 온 사람인지 알겠구려. 당신은 어느 쪽이오? 도망자요? 아니면……?"

사내의 물음에 노인이 침착한 표정으로 되물었다.

"월문에서 왔소?"

노인이 대답을 기다리던 사내가 고개를 끄떡이는 것으로 대답을 대신했다.

"음… 월문의 실력은 여전하군. 내 위치를 정확히 파악하고 온 걸 보니."

노인이 중얼거렸다. 그러나 사내가 눈을 가늘게 떴다.

"월문에 대해 잘 아는 듯하구려."

사내가 추궁하듯 물었다.

"알 만큼은 알지."

노인이 심드렁히 대답했다. 노인의 대답에 사내의 얼굴이 차가워졌다.

"목적을 가지고 왔구려?"

"그 대답은 그대가 들을 말이 아닌 것 같군."

노인의 말에 사내가 기분이 상한 듯 보였지만 그렇다고 더 이상 노인의 대답을 추궁하지는 않았다. 아마 그 자신도 노인과 같은 생각인 모양이었다.

"아무튼 같이 갑시다."

"비가 그치면……."

노인이 대답했다.

"아니 지금 가야 하오."

사내가 단호하게 말했다.

"보다시피 난 서 있을 힘도 없는데, 하물며 걸을 힘이 있겠소?"

"그건 걱정마시오. 우리 쪽에 제법 힘 있는 사람이 있으니."

죽립의 사내가 손을 들어 바위 바깥쪽에서 서 있는 죽립인들을 가리키며 말했다.

"후후, 업고라도 가겠다는 말이군. 그렇다면야 나야 좋지. 비를 맞는 것이 좀 불쾌하긴 하지만… 후우!"

노인이 길게 숨을 내쉬면서 사내를 지나쳐 그 뒤에 서 있는 네 명의 죽립들을 바라봤다. 그러다가 문득 노인의 눈에 이채가 서렸다.

"저들은… 정말 월문의 사람들이오?"

"아니오. 단지 가끔 월문의 일을 도와주는 분들이오."

사내가 대답했다.

그러자 노인이 고개를 갸웃하며 중얼거렸다.

"이상한 일이군. 월문의 일에 외인(外人)이 개입되다니. 이런 일은… 쉽지 않은 일인데. 대체 저들은 누구요?"

"나중에 알게 될 것이오."

"음 그렇군. 그나저나 월문 법황, 우서한은 안녕하시오?"

순간 사내가 재빨리 노인의 멱살을 움켜쥐었다.

"당신… 뭐지? 칠왕의 땅에서 법황님의 존함을 알고 있는 자는 현월의 형제들 중에서도 드물 것인데?"

당장에라도 노인이 목을 비틀어 버릴 것 같은 사내의 기세다. 하지만 노인은 아무런 위협도 느끼지 않은 듯 조용한 목소리로 대답했다.

"그 역시 궁금해도 참으시오. 날 그의 앞에 데려가면 자연히 알게 될 테니. 그런데… 정말 그는 무사하오?"

"당신 대체… 음, 물론 법황님은 건재하시오."

"다행이군. 그나마 말이 통하겠어. 자, 어차피 갈 길이면 서두릅시다."

이번에는 이 기이한 노인이 먼저 길을 재촉했다.

노인을 업고 산을 내려가야 했던 지난 삼 일 동안 사내는 내내 투덜거렸다.

덩치가 보통사람보다 훨씬 크기에 사내가 노인을 업는 것은 당연해 보였지만, 사실 무림의 고수들에게 몸의 크기는 그리 중요한 것이 아니어서 꼭 사내가 노인을 업어야 할 필요는 없었다.

하지만 누군가 노인을 업어야 하자 자연스레 노인은 사내에게 맡겨졌고, 그때부터 사내의 불평은 끊이지 않았다.

그것이 벌써 삼 일째다.

"이름이 뭐요?"

사내의 구시렁거리는 소리를 듣기에 지쳤는지 결국 노인이 먼저 입을 열었다.

급격한 경사를 이루는 계곡을 미끄러지듯 내려와 차가운 계곡 물 앞에 멈췄을 때였다.

"알아 뭐하오?"

사내가 퉁명스레 되물었다.

"그래도 먼 길 함께 가는데 이름은 알아야 할 것 아니오?"

노인의 말에 그를 등에 업은 사내가 고개를 주억거리더니 대답했다.

"난 조어장이라고 하오."

"조어장, 조 대협이셨구려."

"대협은 무슨, 그런데 노인장 존함은 어찌 되오?"

"나도 존함까지는 아니고, 이름은 단우하라 하오."

"이름 참 특이하시군."

사내가 고개를 갸웃했다.

"그런데, 조 대협은 월문과 어떤 사이요?"

노인이 앞서가는 월문의 문도를 슬쩍 바라보며 나직하게 물었다. 그에게 자신들의 대화가 들리지 않기를 바라는 모양이었다.

"그건 왜 묻소?"

조어장이 심드렁하게 되물었다.

"궁금해서 그렇소. 처음 만났을 때도 말했지만 내가 아는 월문은 절대 외인을 월문의 일에 끌어들이는 사람들이 아닌데……."

"세상에 안 되는 일이 어디 있소?"

조어장이 대답했다.

"하긴… 내가 이곳에 온 것도 말이 안 되는 일이긴 하지."

"그래도 다행이오."

"뭐가 말이오?"

노인 단우하가 되물었다.

"교벽을 이용해 온 자들 중 그나마 성한 축에 속하는 것이라 말이오. 보통 대부분 죽거나 반병신이 되는데……."

"교벽을 통과한 사람을 본 것이 처음이 아니구려?"

단우하가 눈빛을 빛내며 물었다. 그러나 그 눈빛을 조어장은 볼 수 없었다.

"두어 번 있소."

"참으로 알 수 없군. 월문이 무슨 생각을 한 거지?"

노인이 중얼거렸다.

"당신도 보통 사람은 아닌 모양이구려."

조어장이 말했다.

"왜 그렇게 생각하시오?"

"월문에 대해 그리 잘 알고 있는 것을 보면 말이오."

"후우 맞소. 제법 인인이 깊다고 할 수 있소. 그런데 말이오."

노인이 좀 더 목소리를 낮추어 다시 입을 열었다.

"또 뭐요?"

조어장이 노인을 업은 채 훌쩍 몸을 날려 작은 냇물을 건너며 귀찮다는 표정을 대꾸했다.

"이제 보니 조 대협은… 특별한 피를 가지고 있구려."

순간 조어장이 잠깐 걸음을 멈췄다. 그러고는 등 뒤의 노인을 슬쩍 돌아본 후 고개를 저으며 중얼거렸다.

"당신은 위험한 사람일 수도 있겠군."

조어장이 다시 걸음을 옮겼다. 말은 그렇게 했지만 특별히 노인을 경계하는 것 같지는 않았다.

하신 걸을 힘이 없어 자신의 등에 업힌 노인을 경계할 이유는 없었다.

“이골마족은 이 땅에서 살기 힘들다고 하던데…….”

“역시 알고 있었어. 하지만 말이오. 세상은 항상 변하게 마련 아니겠소.”

“설마 강호가 이골마족의 세상이 되었다는 거요?”

“왜 그렇게 모든 걸 극단적으로 생각하는 거요? 당신이 사는 그곳은 그런 곳이요?”

“음, 부인할 수 없구려. 아무튼 그럼 이골마족에게 무슨 일이 생긴 거요?”

“그냥 뭐, 서로 타협했다고 할까?”

“타협이라… 본래 인간은 자신과 다른 존재와는 타협을 잘 하지 않는데…….”

“그거야 사람 나름 아니겠소?”

“보자. 이골마족, 아니 신혈의 피를 무림이 인정했고, 그 피를 가진 사람들이 월문의 일을 돕는다면, 이 일에는 필시 월문 법황이 개입했겠구려.”

노인이 물었다.

“머리가 좋소.”

“흐흠… 하지만 또 하나 의문이 생기는구려.”

“참 궁금한 것도 많소. 늙어서 그런가?”

조어장이 이젠 말대꾸하기도 지쳤다는 표정으로 말했다. 하지만 단우하는 조어장의 기분은 아랑곳하지 않고 자신의 말을 이어갔다.

"월문 법황의 도움이 있다곤 해도 신혈족이 무림에서 그들의 안전과 독립을 보장받는다는 것은 무척 유리한 거래요. 그런 거래를 월문 법황과 성사시켰다면 신혈족에 대단한 지도자가 나타난 모양이구려. 그가 누구요?"

"흐흐… 이거 참, 계속 노인장을 상대를 하다가는 내 오대조 이름까지 긁어내겠군. 그만합시다. 보아하니 이쯤에서 노숙할 것 같으니……."

조어장이 대화를 끊었다. 그의 말대로 선두에서 일행을 이끌던 월문의 고수가 계곡 하류, 물길이 부드러워지는 곳에서 걸음을 멈추고 주변을 살펴보고 있었다.

"오늘은 이곳에서 쉬어갑시다."

단우하를 업은 조어장등이 다가오자 월문의 문도가 입을 열었다.

"우린 밤새 가도 상관없소만……."

죽립을 쓴 조어장의 동료 중 우두머리 역할을 하는 오십 대 중반의 사내가 말했다.

그러자 조어장이 단우하를 업은 채 얼른 입을 열었다.

"아이구 형님, 그런 말 마시우. 난 죽겠소."

"엄살 피우지 말게. 오백 근 짐을 지고 백 일을 걸어도 멀쩡할 사람이……."

죽립의 사내가 퉁명스레 대꾸했다.

"대형도 참, 누가 다리가 아프대요?"

"그럼?"
"귀가 아파요. 무슨 말이 그리 많은지……."
조어장이 단우하를 너른 바위 위에 내려놓으며 투덜댔다. 그러자 단우하가 웃음을 지으며 말했다.
"헛허, 이해하시오. 늙으면 궁금한 것이 많아진다오."
"스스로 말이 많은 것은 아시오?"
조어장이 두 손을 올려 어깨를 풀며 물었다.
"난들 왜 모르겠소. 그래도… 새 땅에 왔는데 이곳 사정은 좀 알아야 할 것 아니오?"
"보셨죠? 난 밤새 등에 업은 사람과 말상대해줄 생각 없으니 밤길 가려면 다른 사람이 맡아요."
조어장이 큰 체구를 바위에 올리더니 그대로 드러누우며 말했다.
"형님, 쉬어가시지요."
다른 죽립 사내가 형님이라 불린 자에게 말했다. 그러자 무리의 우두머리가 잠깐 생각에 잠겼다가 말했다.
"그러지. 쉬어갑시다."
죽립 사내가 월문의 고수를 보며 말하자 월문의 고수가 고개를 끄떡였다.
"잘 생각하셨소. 어차피 먼 길이오. 처음부터 무리할 이유는 없지 않겠소?"
"하긴, 그렇구려. 자, 모두들 노숙할 준비를 하세."
사내의 말에 죽립 사내들이 저마다 등에 지고 있던 짐들을 내려 노숙할 준비를 하기 시작했다.

“그러니까 내가 말이오. 생각보다 내 재주가…….”

“그만 잡시다, 제발!”

노인 단우하는 노숙 때도 조어장에게 맡겨졌다. 그의 동료들 중 누구도 조어장으로부터 노인을 넘겨받으려 하지 않았다.

외려 조어장과 단우하로 부터 멀리 떨어진 곳에 천막을 치고 일찍 잠자리에 들어 조어장이 단우하를 넘길 기회조차 주지 않았다. 그들도 단우하의 끊이지 않는 수다를 감당하기 싫었던 것이다.

그래서 조어장은 끼니를 해결한 이후에도 계속 단우하의 말 상대를 해야 했는데, 결국 모닥불이 사그라들고 달이 기우는 시간이 되자 더 이상 참지 못하고 노인의 말을 막은 것이다.

“저런, 졸렸소?”

노인이 몰랐다는 듯이 물었다. 그러자 조어장이 노인에게서 아예 등을 돌리며 대답했다.

“젠장, 하루 종일 당신을 업고 걸었는데 안 졸리겠소?”

“아, 그렇구려. 미안하오. 허허, 난 조 대협이 워낙 튼튼한 분이라… 그리고 한동안 누군가와 이야기를 나눈 적이 없어서… 미안하오. 그만 주무시구려.”

그제야 단우하가 조어장을 놓아 주었다.

조어장이 가볍게 한숨을 내쉬고는 눈을 감았다. 그리고 이내 코를 골며 잠에 빠져들었다.

노인 단우하는 그런 조어장을 물끄러미 바라보다 그가 잠든 것을 확인한 후 나직하게 중얼거렸다.

"좋은 인연이 되겠군."

순간 노인의 눈에서 그의 백발과 백의에 어울리지 않는 얼음장처럼 차가운 검은 안광이 쏟아져 나왔다.

*　　　*　　　*

눈꺼풀을 뚫고 들어오는 따가운 햇살, 귀를 간질이는 물새 소리와 물 흐르는 소리가 오히려 잠을 깨기 힘들게 만들었다.

무사 조어장은 좀 더 잠을 청할 요량으로 몸을 비틀어 자리를 다시 잡으려다말고 화들짝 놀라 눈을 떴다.

그가 놀란 이유는 두 가지였다.

첫째는 무공을 수련한 이후 해가 뜰 때까지 잠자리에 머문 적이 없었기 때문이다. 언제나 어스름한 새벽빛이 비추면 어김없이 잠자리를 털고 일어나 운기를 하는 것으로 하루를 시작했던 그였다.

그런 일상은 그가 기이한 피를 지니고 태어나 한때 천하를 주무르던 묵안노 마한의 손에 어둠의 무사로 키워지던 시절부터 단 하루도 예외가 없었다.

그러나 그럼에도 불구하고 오늘의 늦잠은 이해할 수 있을 수도 있었다. 사람은 언제나 잠이 부족한 동물이고, 어젯밤은 괴상한 늙은이의 말상대를 해주느라 워낙 늦게 잠자리에 들었기 때문이었다.

그런데 두 번째 이유는 절대 간과할 수 없는 것이었다.

흔들거리는 몸, 허공에 떠 있는 발…….

잠자리가 변해 있었다. 그것도 꿈에도 예상치 못한 잠자리였다. 그는 땅이 아니라 누군가의 등에 업혀 있었던 것이다.

그리고 다음 순간 그는 또 한 가지 사실을 깨달았다. 그 스스로 자신의 손발을 움직일 수 없다는 사실, 누군가가 자신의 혈도를 제압한 후 그를 업고 이동하고 있었던 것이다.

'누구냐?'

조어장이 입을 열어 말하려했지만 그의 목소리는 입안에서 맴돌았다. 대신 웅웅거리는 신음소리만이 열리지 않는 입술을 통해 새어나갔다.

아혈(啞穴)도 제압되어 있었던 것이다.

"깼나?"

문득 귀에 익숙한 목소리가 들렸다. 조어장이 눈을 치뜨며 자신을 업고 있는 자를 노려봤다.

은발의 머리, 백색의 옷, 분명 백두 깊은 산봉우리에서부터 그가 업고 내려왔던 바로 그 노인이었다.

그런데 상황은 하룻밤 새 정반대로 변해 있었다. 업은 것은 노인이고, 업힌 것은 조어장 자신이었다.

"우우우!"

조어장이 급히 입을 열어 뭔가를 말하려 했지만 그의 입에서 흘러나오는 소리는 여전히 신음소리뿐이다.

그러자 그를 업은 채 강변을 걷고 있던 노인, 단우하가 느긋하게 입을 열었다.

"너무 애쓰지 말게, 그냥 푹 쉬어. 보아하니 평생 쉰 날이 없는 것 같은데. 언제 이런 호사를 누려보겠나?"

노인의 말투도 변했다.

어젯밤까지 나이와 상관없이 조어장과 그 동료들에게 반존대를 하던 그의 말투는 더 이상 없었다.

아랫사람을 대하듯 조어장을 대하는 그의 말투는 너무 자연스러웠다. 그가 과연 어제까지의 그 노인인지조차 의심스러울 정도였다.

"우우!"

다시 조어장이 신음소리를 냈다. 몸을 흔들어 보려 했지만 그의 몸은 완전히 그의 통제에서 벗어나 있었다.

"애쓰지 말게. 내 점혈법은 아주 특별하네. 누구도 풀 수 없지. 알겠지만 우리 신혈족들은 보통 사람들과는 다른 혈을 지니고 있지 않지. 그 신혈족의 혈도에 대해 세상에서 나만큼 잘 아는 사람은 없을 걸세. 그래서 점혈을 할 때 절대 실수를 하지 않는다네."

노인이 타이르듯 말했다.

그러나 조어장은 연신 신음소리를 내며 몸을 움직이려 애썼다. 그러자 노인이 결국 조어장의 신음소리를 견디지 못하겠는지 버드나무 가지가 폭포수처럼 쏟아지는 나무 아래 조어장을 내려놓았다.

쿵!

조어장의 거대한 몸이 땅과 나무 기둥에 동시에 부딪히며 무거운 소리를 냈다.

"훌륭한 몸이기는 하지만 내가 업고 다니기에는 버겁군."

나무에 기댄 조어장을 보며 노인이 말했다.

참으로 알 수 없는 일이었다. 조어장으로서는 도저히 이해할 수 없었다.

잠들어 있어도 조어장과 그 동료들의 감각은 일반인의 상상을 넘어선다. 잠결에도 낙엽 떨어지는 소리, 작은 미물이 움직이는 소리에도 반응하는 그들이었다.

그래서 그 놀라운 능력을 경계한 세상은 그들을 이골마족이라 부르며 경계하고 두려워하지 않던가.

그런데 이 노인은 그 신혈족들 사이에서 조어장을 데리고 나왔다. 더군다나 조어장 자신조차 느끼지 못하는 사이에 말이다.

그것뿐인가. 이 노인은 어제까지만 해도 걸음을 걷기 힘들 정도로 쇠약해져 있었다.

그것이 거짓이 아님은 조어장의 동료들도, 함께 온 월문의 고수도 확인한 일이었다.

그런데 지금의 노인은 어제의 그런 쇠약한 노인이 아니었다.

조어장을 업고 이동할 만큼, 혹은 조어장이 알고 있는 뛰어난 고수들과 비교해도 전혀 뒤지지 않을 만큼 묵직한 기운을 뿜어내고 있었다.

"우우!"

조어장이 노인을 향해 다시 신음을 흘렸다.

그러자 노인 단우하가 순순히 조어장의 아혈을 풀었다.

"커억!"

아혈이 풀리자 새 공기가 기도로 밀려들면서 조어장이 잠시 헛기침을 해댔다.

"서둘지 말게, 천천히 추슬러. 시간은 많으니까."

노인이 조어장을 보며 말했다.

그러자 겨우 호흡을 진정시킨 조어장이 노인을 노려보며 소리쳤다.

"대체 무슨 짓을 한 거냐?"

"아아, 목소리 낮추게. 물론 근처에 사람은 없는 것 같지만 그래도 혹시 모르니까. 계속 목소리를 높이면 다시 입을 막을 걸세."

노인이 침착한 표정으로 경고했다.

"넌 누구냐?"

조어장의 말투가 거칠었다. 이 또한 신혈족의 특징. 일단 적이라고 판단되면 가눌 수 없는 전의가 일어나는 것이 신혈을 피를 지닌 자들의 특징 중 하나다.

"나? 알지 않느냐? 교벽을 타고 온 사람이라는 것을!"

노인 단우하가 대답했다.

"대체 왜 이런 짓을 한 거냐? 아니 그보다 내 형제들은 어찌 했느냐?"

"걱정 말게. 그들은 건드리지 않았으니까. 사실 그들 모두를 상대할 능력이 내게 없네. 자네 하나 빼내 오는 것도 무척 힘들었어."

"이유를 말해보라니까!"

조어장이 분노한 눈으로 단우하를 노려보며 말했다.

"이유라. 참 설명하기 어려운 일인데. 보자……. 가장 이해하기 쉽게 말하자면 우서한을 만나기 싫어서라고 해야겠지."

단우하가 어깨를 으쓱하며 말했다.

"의천노공을 만나기 싫었다면 그냥 몰래 도망가면 될 일, 왜 나를 데려 온 거냐?"

조어장이 다시 물었다.

"음, 내게 할 일이 있는데 도와줄 사람이 필요해. 자네가 아주 적당하겠더군. 그래서 데려왔네. 자네에게 해를 끼칠 생각은 없어. 그러니… 잠시 나와 함께 여행을 좀 하세. 그럼 무사히 돌아가게 될 거야."

"거절한다면?"

"난 인내심이 많은 편이네. 이대로 자넬 업고 다닐 수 있다는 말이지. 대처에 나가면 마차를 구할 생각이네. 그럼 자넬 데리고 다니기가 한결 편해지겠지."

단우하가 조어장의 의사는 아무 상관없다는 듯 말했다.

"이런 식으로 일을 벌이고도 내 도움을 얻을 수 있다고 생각하는 것이냐?"

"내가 필요한 자네 도움 중에는 말 상대로서의 도움도 있다네. 적어도 심심치는 않을 것 아닌가?"

단우하가 말했다.

"대체 뭘 하려는 것이냐?"

"음… 그건 말이야. 차차 이야기하지."

단우하가 말을 꺼내려다 말고 고개를 돌렸다. 그러자 멀리 강 중심을 따라 움직이고 있는 배 한 척이 보였다.

단우하가 조어장의 아혈을 다시 제압했다. 그러고는 배를 향해 손을 흔들며 소리쳤다.

"이보시오, 좀 도와주시오. 아픈 사람이 있소."

다시 단우하의 등에 업혀 배에 오르면서 조어장은 어이가 없었다.

작은 배를 끌고 나와 그물을 내리던 어부에게 단우하가 한 말은 여행 중에 병을 얻은 아들을 치료하러 급히 의원이 있는 마을에 가야 한다는 것이었다.

늙은 몸으로 거구의 아들을 업은 노인을 동정하지 않을 사람은 없었다.

당연히 어부는 그물 내리는 일을 걷어치우고 단우하와 조어장을 데리고 강을 건너기 시작했다.

그 와중에도 단우하는 천연덕스럽게 조어장의 이마에 손을 얹거나 팔다리를 주무르며 정성을 다해 간호하는 연기를 해댔다.

조어장은 단우하에 대해 분노를 넘어 내심 실소가 흘러나올

정도였다. 또 한편으로는 이 괴상한 늙은이가 원하는 것이 대체 뭘까 궁금하기도 했다.

그래서 다시 둘이 있게 되면 잘 구슬려 그의 대답을 들어야겠다고 생각하는 순간 어떻게 손을 썼는지 그는 다시 깊은 잠에 빠져들게 되었다.

*　　　*　　　*

조어장이 다시 깨어난 곳은 마차 안이었다.

인적 드문 관도였고, 관도 옆으로는 길게 강이 휘어져 나가고 있었다.

그리고 단우하가 손에 술병과 노릇하게 구운 물고기를 든 채 조어장을 내려다보고 있었다.

"잘 잤나?"

정신을 차린 조어장을 보며 단우하가 물었다.

"제길… 여긴 어디요."

애초에 단우하를 구슬려 보기로 결심했던 것을 기억해낸 조어장이 화를 내려다 말고 말투를 바꿔 물었다.

"하루 동안 이동했네."

"참 부지런도 하시오."

"사실 시간에 맞춰 움직여야 해서 말이야."

순간 조어장의 머릿속에 의아한 생각이 들었다.

교벽을 통해 온 자들 대부분은 우연이 아니라면, 도주 아니면 추방 둘 중 하나의 이유로 이 땅에 온다. 의도치 않게 이 땅에 오게 된 자들이어서 일단 어떻게 살아갈지 그걸 걱정하는 게 먼저였다.

그런데 이 자는 애초부터 목적을 가지고 온 듯 말하고 있지 않은가. 그 말을 그가 자신의 의지로 스스로 이 땅에 왔다는 의미가 된다.

"몸은 언제부터 회복된 거요? 아니 처음부터 몸이 상한 것이 아니었소?"

궁금한 것은 태산처럼 많았지만 조어장은 사소한 것부터 질문을 시작했다.

"아니네. 교벽이 만든 길을 통과하는 자가 어찌 무사할 수 있겠나. 단지 난 몸이 빨리 회복되는 편이네. 자네에게 업혀 이동하면서 몸의 회복에 주력할 수 있었네. 그러다 그날 밤 완전히 회복된 거지."

"놀라운 능력이구려."

"같은 피니까."

순간 조어장이 눈이 커졌다.

"같은 피?"

조어장이 자신도 모르게 되물었다. 그러자 단우하가 빙긋 미소를 짓더니 손에 든 술과 구운 물고기를 내밀며 말했다.

"일단 요기부터 하세."

날은 좋았다. 햇살이 눈부시게 뿌려져 강물이 보석처럼 반짝였다. 그러나 조어장과 노인 단우하는 그 빛나는 햇살 속으로 나가지 않고 마차 안에서 요기를 했다.

구운 물고기는 금세 동이 났고, 술은 마차 안에 제법 많이 실려 있어서 나중에는 오직 술만 마시게 되었지만 두 사람의 술추렴은 쉽사리 끝나지 않았다.

조어장은 본래 거구에 맞게 두주불사, 말술을 자랑하는 사람이라 일단 술이 혀에 감기자 단우하에 대한 경계심도 잊고 연신 술병을 비웠다.

늙은 단우하도 술에 관한한 조어장 못지않았다. 그 역시 연신 술병을 비우며 조어장과 대작했다.

음식은 겨우 구운 고기 두어 마리 준비하면서 술을 마차에 가득 실어 놓은 이유를 알만한 주당이었다.

"참 생기신 것 하고는 다르구려."

한 참 술을 마시다 말고 조어장이 단우하를 보며 말했다.

"무슨 소린가?"

"겉으로 보기에는 글이나 읽으며 살아오신 선비거나 선도를 닦는 도사 같은데 모략에 능하고 술은 또 왜 그렇게 세시오?"

"후후, 그건 자네가 그 땅을 몰라서 하는 말이네."

"그 땅… 칠왕의 땅이라는 그곳 말이오?"

조어장의 물음에 이번에는 단우하가 묘한 눈으로 조어장을 바라봤다.

"왜 그렇게 보시오?"

"이상해서 그러네."

"뭐가 말이오?"

"내가 알기로 이 땅에서 칠왕의 땅이라는 말 자체를 알고 있는 사람은 오직 월문의 법황과 그의 수족 중 극히 일부, 그리고 그 땅에서 교벽을 통해 이쪽으로 넘어온 자들 정도이네. 그들조차도 월문에게 통제되어 세상에 나올 수 없지. 그런데… 아무리 신혈족이라지만 자네가 칠왕의 땅을 알고 있다니 놀라운 일이 아닐 수 없군. 더군다나 월문의 일을 돕기도 하고 말이야. 아무리 거래를 했다해도 월문이 너무 많은 비밀을 말해준 것 같군. 그건 절대 우서한의 방식이 아닌데……."

"난 외려 노인장이 더 이상하오."

"뭐가 말인가?"

"어떻게 이곳 사정을 그리 잘 아시오? 내가 알기로 이곳 사정을 알 수 있는 사람들은 칠왕의 땅에서 오직 현월문의 사람들뿐이라던데……."

"흐흠… 그렇긴 하지. 하지만 말일세. 현월문의 사람들도 이곳에 대해서는 나보다 더 잘 알지 못할 걸세."

"그래서 묻는 것 아니오? 어떻게 그렇게 잘 아시오?"

조어장이 다시 물었다.

그러자 단우하가 대답을 하는 대신 술을 한 모금 마신 후 마차의 창문을 열어 눈부신 강변 풍경을 바라봤다.

그러다가 엉뚱한 말을 했다.

"참 아름다운 곳이야."

"정말 엉뚱하신 양반이군."

조어장이 못마땅한 듯 볼을 씰룩이며 술을 마셨다.
“사실… 떠나기 싫었었지.”
“고향 떠나고 싶은 사람이 누가 있소. 칠왕의 땅이 당신 고향일 텐데 당연히 오기 싫었겠지.”
“아니, 그곳을 떠나기 싫었다는 말이 아닐세. 이 땅을 떠나기 싫었었다는 뜻이지.”
순간 조어장이 술병을 떨어뜨릴 듯 흘리다가 얼른 허공에서 술병을 낚아챈 후 단우하를 바라봤다.
“한… 사십여 년 전인가? 이곳에 산 적이 있었네.”
“설마……?”
“짐작하나?”
“설마……?”
조어장이 다시 말꼬리를 흐렸다. 그러자 단우하가 말머리를 돌렸다.
“이곳에 십자성이라는 세력이 있다며? 아직 건재한가?”
단우하의 물음에 조어장은 대답하지 않았다. 대신 그는 자신의 머리를 혼돈 상태로 만든 한 가지 생각을 확인하기 위해 재빨리 질문을 던졌다.
“설마… 당신 검은 사자요?”

제2장
검은 사자 단우하

조어장은 가끔 어깨를 으쓱거리기도 하고, 혹은 짐짓 고개를 들어 먼 산을 바라보기도 했다.

언제부터인지 두 사람의 위치가 변해 있었다. 마차를 모는 것은 조어장이었고, 노인 단우하는 마차 안에서 편하게 여행을 즐겼다.

그러다가 여행이 무료해지면 이렇게 안에서 나와 마부석, 조어장의 곁에 앉아 궁시렁궁시렁 말을 내뱉거나 혹은 세상 처음 보는 사람처럼 스쳐 지나는 풍경을 구경하기도 했다.

그럴 때면 조어장은 바늘방석에 앉은 듯 불편했다.

검은 사자, 이 이름 앞에 태연할 무림인은 세상에 없다. 특히나 그들의 후예랄 수 있는 신혈족들은 더더욱 그러했다.

한때 무림을 공포의 도가니로 몰아넣었던 이름, 세상에서 검은 사자들의 시간이라 부르던 그 삼 년의 공포를 무림은 여전히 잊지 못하고 있었다.

그로 인해 그들이 사라진 이후 같은 피를 지녔다는 이유만으로 신혈족들은 사냥당하고 학살당했다.

만약 십자성이 나타나지 않았다면 이골마족이라 불리던 신혈족은 멸족에 이르렀을 수도 있었다.

조어장은 그런 신혈족의 역사 중, 검은 사자들의 시간 이후의 고난의 시간을 온몸으로 겪어냈다고 할 수 있었다.

그래서 그는 검은 사자들에 대한 동경과 원망을 동시에 가지고 있었다. 아니 정확히는 동경보다는 원망이 크다고 할 수 있었다. 신혈족들의 삶을 구렁텅이에 빠뜨리고 자신들의 목적을 위해 사라진 검은 사자들을 원망하지 않을 수 없었던 것이다.

그런데 막상 그 검은 사자 중 한명이라 자처하는 단우하가 나타나자 조어장의 마음은 그에 대한 원망보다는 왠지 모를 두려움과 경외심으로 가득 찼다.

어쩌면 그를 손쉽게 제압해 일행으로부터 데리고 나온 단우하의 무공 때문인지도 모른다.

"그래서 십자성주와 우서한이 타협을 했단 말이지?"

지난번 하다만 십자성에 대한 이야기였다.

"예."

조어장은 이제 단우하에게 깎듯이 존대를 했다. 원망하지만 또한 가장 강렬하게 신혈족의 삶을 산 검은 사자들이다.

그래서 원망을 받으면서도 한편으로는 고난의 시간을 사는 신혈족들에게 검은 사자들은 꿈이자 우상이기도 했다.

"이상한 일이군."

"뭐가 말입니까?"

"타협을 했다는 것이 말이야."

"의천노공이요? 아니면 성주님이요?"

"십자성주 말일세."

"그게 왜 이상합니까?"

"그가 내가 짐작하는 사람이라면 절대 타협할 성격이 아닐 텐데?"

단우하가 고개를 갸웃했다.

"성주님의 내력을 짐작하신다는 말입니까?"

"자넨 모르나?"

"사실 그건 무림에서나 십자성 내 사람들도 가장 궁금해 하는 비밀이지요. 성주님이 어떻게 의천노공과 인연을 맺게 되었는지 모두 궁금해 하고 있습니다. 그래서 사람들은 지금 성주님이 쓰시는 유괴라는 이름도 결국 본명이 아닐 거라 생각하고 계시지요. 과거 성주께서 북만주 단웅족에 잠시 몸을 의탁하시기 전에는 구천이란 이름을 쓰셨다고 하더군요. 하긴 뭐 북두회 호천대에 추격당하던 신혈족치고 본명을 쓰는 사람이 없긴 했지요."

"자네들은 묻지 않았나? 성주의 내력을?"

"큰일 날 말씀을! 그건 절대 금기시되어 있습니다."

"그렇구만……."

단우하가 뭔가 짐작이 간다는 듯 고개를 끄떡였다. 그러자 조어장이 조심스럽게 물었다.

"어르신께서 짐작하시는 성주님의 내력은 뭡니까?"

"알고 싶나?"

"그럼요."

조어장이 침을 꿀꺽 삼키며 고개를 끄떡였다.

"알면 죽을 수도 일을 텐데?"

"누구에게요? 성주님에게요? 아니면 어르신께요?"

조어장은 별로 겁을 먹은 것 같지 않았다.

"이런이런, 죽음 따위 겁나지 않는다는 건가?"

"어차피 태어나면서부터 항상 죽음 위에서 살아왔습니다. 새삼스러울 것도 없지요. 어쨌든 누가 날 죽이려 한다는 겁니까?"

"음… 글쎄. 아마도 십자성주일걸?"

"그렇게 대단한 비밀인가요?"

"대단하지."

"그런데 어르신은 그걸 어찌 아셨습니까? 이곳에 계시지도 않았으면서?"

"그래서 짐작이라고 하지 않았나."

"그러니까. 어떻게 그 짐작이라는 것을 하게 되셨냐는 겁니다."

"그건… 기회가 되면 나중에 말해줌세."

단우하가 대답을 회피했다.

"항상 제가 손해를 보는 군요."

"무슨 소린가?"

"전 어르신이 원하는 걸 뭐든 대답하는데 어르신은 제 질문에 삼 할도 대답을 해주지 않으시니까요."

조어장이 불만스러운 표정으로 말했다.

"당장은 알아 좋을 게 없으니까."

"후후, 하긴 이곳에서도 칠왕의 땅을 언급하는 건 금기지요."

"교벽 너머의 세상… 생각하면 너무 무서운 일 아닌가?"

"그렇긴 하지요. 우리가 사는 세상과 전혀 다른 세상이 존재한다는 것은……."

조어장이 심각한 표정으로 말했다.

"전혀 다른 세상이라… 꼭 그런 것은 아니지만."

"그건 또 무슨 말씀이세요?"

"칠왕의 땅에 사는 자들도 이곳에 사는 사람들과 별반 다를 바가 없단 뜻이네. 뭐, 신체적으로야 조금 차이는 있으나 욕망과 야심이 세상을 지배하는 것은 매한가지지."

"그야 뭐 사람이 사는 곳이라면 어디나……."

조어장도 고개를 끄덕였다.

"아무튼 소식은 언제쯤 올 것 같나?"

"글쎄요."

조어장이 고개를 저었다.

"오지 않을 수도 있다는 건가?"

"당연하지요. 전 지금 납치된 사람입니다. 그런데 그런 저에게 성주님의 위치를 쉽게 알려 줄 것 같습니까? 어쩌면… 소식 대신 사람이 올지도 모르지요."

"살수?"

"그거야 마음대로 생각하십시오."

"음… 귀찮은 건 질색인데. 자네가 무사하다는 건 제대로 알렸지?"

"걱정 마십시오. 있는 그대로 소식을 전했으니까."

"그럼 기다리는 일만 남았군. 소식이든 사람이든……."

단우하가 기지개를 켜며 중얼거렸다.

마차는 중원을 향해 달리고 있었다.

십자성의 은밀한 전통을 이용해 조어장이 성에 소식을 보낸 것은 심양에서였다.

답은 쉽게 오지 않았다. 두 사람이 산해관에 이르러 장성을 넘으려 할 때까지도 소식은 오지 않았다.

처음에는 느긋하던 단우하도 언제부터인가 초조한 기색이 보이기 시작했다.

그럴수록 조어장은 불안했다.

단우하가 시일을 정해두고 성주를 만나려 한다는 것이 분명하기 때문이었다.

기한이 정해진 만남, 그건 이 만남의 목적이 결코 가볍지 않다는 것을 의미하는 것이었다.

그래서 어떤 때는 그 스스로가 이 만남을 깨고 싶은 생각도 들었다. 단우하가 그의 주군을 만나는 순간 신혈족이 다시 혈풍의 소용돌이 속으로 빨려들어 갈 것 같은 느낌이 들었기 때문이었다.

"산해관이군."

노을 속에 잠긴 거대한 성문을 보며 단우하가 감개무량한 표정으로 말했다.

"와 보셨었군요?"

"월하선봉으로 갈 때 지나갔지. 그때도 이렇게 저녁이었었는데……."

단우하가 먼 과거의 기억을 떠올리려는지 눈을 가늘게 뜨며 중얼거렸다.

"이곳에서 쉬어가죠."

"그러세."

단우하가 순순히 동의했다.

"노숙이 좋겠지요?"

"그러세. 사람들 많은 곳은 나도 질색이라……."

"아는 곳이 있습니다."

조어장이 말하고는 마차를 몰았다.

"참나, 이럴 거면 허름한 객잔에라도 들어가는 게 나을 걸 그랬군."

단우하가 혀를 찼다.

그도 그럴 것이 조어장이 노숙을 하기 위해 단우하를 데려간 곳은 인적 드문 산길 옆에 위치한 낡은 사당이기 때문이었다.

그나마 산을 넘는 장사치들이 마차가 지나갈 수 있게 길을 넓혀 놓았기에 걷는 수고는 덜했지만 노숙지가 허물어져가는 허름한 사당일 줄은 예상치 못한 단우하였다.

사당은 장성 이북 사람들이 무신으로 추앙하는 전신(戰神) 치우의 사당이었는데, 오래전부터 돌보지 않았는지 이곳저곳 허물어진 곳이 많았다.

"왜요? 마음에 들지 않습니까?"

조어장이 의아한 표정으로 물었다.

"좋은 노숙처라기에 기대했었네만……."

단우하가 마땅찮은 표정으로 말했다.

"이만하면 훌륭하죠. 찬이슬을 피하는 것만도 얼맙니까? 산해관을 지날 때면 우리 형제들이 종종 이용하는 곳이라 안에 들어가면 제법 아늑합니다. 들어가시죠?"

"자네들이 어떻게 살고 있는지 알 만하군."

"객잔보다야 이런 곳을 좋아하죠. 먼저 들어가 계십시오. 전 땔감을 구해 들어가겠습니다."

"알겠네."

이제 단우하는 조어장이 도망갈 것은 전혀 걱정하지 않는 모양이었다. 그간 함께 여행하면서 쌓인 신뢰 때문이었다.

단우하가 마차에서 내려 사당 안으로 들어가자 조어장이 마차에서 말을 풀어 사당 한쪽에 묶어 놓고, 숲으로 들어갔다.

"흐흠… 그랬단 말이지?"

단우하가 가벼운 미소를 지으며 혼잣말을 중얼거렸다. 사당 안이었고 모닥불이 피워져 있었다.

조어장의 모습은 보이지 않았다.

단우하는 사당에 들어와 어둠이 눈에 익는 순간 조어장에 대한 자신의 판단이 잘못되었다는 것을 깨달았다.

사당 안에는 이미 한쪽에 땔감이 준비되어 있었다. 이곳을 자주 이용한다는 조어장이 사당에 항상 땔감이 준비되어 있다는 것을 모를 리 없었다.

아니 불확실하다면 적어도 땔감의 유무정도는 확인하고 갔어야 했다.

그런데 조어장은 사당 안을 살피지도 않고 땔감을 구하러 간다고 했으니 이것은 분명 단우하로부터 벗어나기 위함이었던 것이 분명했다.

하지만 그럼에도 불구하고 단우하는 여유가 있었다.

그는 조어장이 영원히 자신에서 도망친 것이라고는 생각지 않았다. 조어장도 무공을 폐한 자신의 혈도를 풀 수 있는 사람이 오직 단우하 한 명뿐임을 모르지 않기 때문이었다.

"동료들이 왔다는 이야기겠지."

단우하가 마른 나무 가지를 모닥불에 얹으며 중얼거렸다.

생각해보면 조어장이 굳이 이 먼 산속의 사당까지 노숙을 하기 위해 온 것에는 필시 이유가 있을 수밖에 없었다.

더군다나 이 사당이 조어장과 그 동료들이 종종 이용하는 곳이라면 이곳이야말로 조어장이 그의 동료들을 만나기에 가장 좋은 장소였다.

그리고 단우하의 예상은 정확했다.

조어장이 땔감을 구하겠다고 숲으로 들어간 지 반 시진, 조어장의 힘이라면 땔감 서너 지게는 너끈히 마련했을 시간이 지났을 때 문득 사당 밖에 인기척이 일었다.

단우하가 고개를 들었다. 그러나 굳이 자리에서 일어나지는 않았다.

삐익꺽.

문이라고 말하기 부끄러운 허름한 나무 문이 힘겹게 열렸다. 그리고 조어장이 사당 안으로 들어왔다. 그 뒤쪽으로 얼핏 사람의 그림자가 보였다.

"자네 동료들이 온 모양이군."

"그렇습니다."

"혹, 그가 직접 왔나?"

"누구 말입니까?"

"십자성주 말일세."

"이런 곳까지 직접 오실 분은 아니죠."

조어장이 심드렁하게 대답했다.

"내 정체를 알렸는데도?"

"옛날 사람 아닙니까?"

조어장이 희미하게 미소지었다.

단우하는 조어장이 달라졌음을 깨달았다. 그의 앞에서 긴장하던 모습은 더 이상 찾아 볼 수 없었다. 그렇다면 이곳에 온 자들 중 자신을 상대할 만한 고수가 있다고 믿는 것이 분명했다.

“어떤 분이 오셨나? 얼굴이나 좀 보세.”

“그보다 먼저 내 혈도나 풀어주십시오. 이래저래 바빠지면 시간이 없을 지도 모르는데.”

“그래야 하나? 곤란하군. 자네야말로 날 십자성주에게 인도해 줄 유일한 끈인데…….”

“사람이 왔다지 않습니까?”

“그들은 내 통제 하에 있는 사람은 아니니까.”

“그래서 혈도를 풀지 못하겠다는 겁니까?”

“이야기가 잘 되면 그때 하세.”

그러자 조어장이 화가 난 눈으로 단우하를 바라봤다. 그러다가 충고하듯 말했다.

“한 가지 말씀드리지요. 주군께서는 자신을 시험하는 사람을 용납하지 않습니다. 그게… 의천노공 우서한이라도 말이지요. 그리고 주군께서 생각하시는 ‘자신’에는 주군의 수하들, 즉 나 같은 사람도 포함됩니다. 그러니 신중하게 생각하시지요.”

조어장의 경고에 단우하가 시선을 들어 조어장을 바라봤다. 그의 눈길을 받은 조어장은 전혀 흔들림이 없었다. 확고한 자신감이다.

그러나 단우하도 천하를 공포로 몰아넣었던 검은 사자의 일원이었다. 그 역시 누군가의 협박에 굴복할 사람이 아니었다.

"충고 잘 들었네. 이제 날 보러 온 사람을 만나고 싶은데?"

조어장의 혈도를 풀 수 없다는 의미다.

"고집 참 세군요."

조어장이 고개를 저으며 중얼거렸다.

"본래 생겨먹은 게 그렇다네."

단우하가 빙긋 미소를 지어보였다. 그러자 조어장의 표정은 무척 어두웠다.

"아쉬운 일입니다."

"뭐가 말인가?"

"어르신께선 벌써 두 번의 실수를 범하셨습니다."

조어장의 말에 단우하가 의아한 표정으로 조어장을 바라봤다.

"내가 실수를?"

"예, 그 한 번은 잠든 나를 제압해 납치한 것, 두 번째는 제가 드린 지금의 기회를 거부한 것입니다. 사실… 난 어르신의 도움이 필요치가 않아요."

"그게 무슨 말인가?"

단우하의 눈이 가늘어졌다. 뭔가 일이 잘못되어간다는 것을 직감한 듯했다.

"그만 물러나라!"

문득 문 뒤쪽 어둠 속에서 누군가의 목소리가 들렸다. 그러자 조어장이 얼른 몸을 돌려 고개를 숙이며 대답했다.

"예, 성주!"

대답과 동시에 조어장이 바람처럼 사당에서 사라졌다. 그건 결코 혈도가 제압된 사람의 움직임이 아니었다.

"혈도를 풀었구나!"

단우하가 놀란 얼굴로 자리에서 일어났다.

그사이 어느 새 사당 안으로 들어온 사내 둘이 단우하를 응시하고 있었다. 그리고 그중 한명이 살기가 흐르는 표정으로 낮고 강하게 말했다.

"꿇어라!"

그러나 단우하는 두 사람을 깊은 눈으로 응시할 뿐 어떤 움직임도 보이지 않았다.

순간 그에게 무릎 꿇을 것을 명했던 중년 사내의 신형이 사라졌다.

단우하의 손이 급히 가슴으로 모여졌다.

쿠웅!

묵직한 파열음이 단우하의 가슴 앞에서 일어났다. 아름답게 흘러내린 그의 은발이 벼락을 맞은 것처럼 사방으로 나부꼈다.

투툭!

단우하가 두어 걸음 뒤로 물러났다. 그러나 시선은 여전히 앞으로 향해 있었다.

어느새 단우하를 공격한 중년 사내가 본래의 자리로 돌아가 있었다. 그의 눈에는 약간의 놀라움이 떠올라 있었는데, 자신의 공격을 막아낸 단우하의 무공이 의외인 모양이었다.

하지만 그렇다고 처음의 기세가 죽은 것은 아니었다.

"마지막 기회다. 꿇어라!"

"세상에서 날 무릎 꿇릴 사람은 오직 한 사람뿐이오."

단우하가 담담하게 대답했다.

"그럼 꿇려주마."

중년 사내가 다시 진기를 끌어올리며 말했다. 순간 그와 함께 사당에 들어온 단단한 체구의 사내가 입을 열었다.

"그만해라."

"하지만 형님……."

"됐다, 뒤로 물러나 있어라."

사내가 조금 더 단호하게 말했다. 그러자 단우하를 공격했던 사내가 아쉬운 표정을 지으면서 뒤로 물러났다.

"현명한 선택이오. 사람은 본래 말로서 친구를 사귀는 법……! 헛!"

자신을 공격했던 자를 뒤로 물러나게 한 사내에게 부드러운 말을 건네던 단우하가 미처 말을 다 끝내지도 못하고 다급한 목소리를 토해내며 지르며 뒤로 물러났다.

그 순간 그의 가슴에 투명한 듯한 검은 기운이 닿았다.

쿠웅!

단번에 어둠을 뚫고 날아간 단우하의 노구가 사당 벽을 뚫고 밖으로 튕겨 나갔다.

"커억!"

사당 밖으로 밀려 나온 단우하가 땅을 한 바퀴 구른 후 급히 신형을 바로 세우며 침을 뱉었다.

그의 침에 붉은 피가 섞여 나왔다.

그런데 단우하가 미처 정신을 차리기도 전에 한 자루 검이 그의 눈앞에 드리워졌다.

"내 식구를 건드리는 자가 어떻게 되는지 조금 전에 들었을 거다."

순간 단우하의 눈이 경악으로 물들었다.

"서… 설마……?"

"설마가 사람 잡는다는 말은 이런 때 하는 말이지."

"저… 정말 십자성주요?"

"그래 내가 십자성주다!"

중년 사내가 달빛 아래 무표정한 얼굴을 드러내며 말했다.

십자성주 적풍, 무림에는 유괴란 이름으로 알려진 당금 무림의 절대자가 이 허름한 사당에 모습을 드러냈다.

의천노공 우서한을 넘어선 무공, 무림과 월문의 충돌을 멈추게 한 자, 그리고 천하의 패권을 포기하고 어둠 속으로 은거해 무림의 균형을 지켜내는 자, 혹은 어둠 속에서 군림하는 절대 마인이라고도 칭해진다.

그러나 그를 가장 잘 표현하는 별호는 전왕(戰王)이라는 단어였다. 그와 그가 이끄는 북십자성의 고수들은 세상에 그 존재가 알려진 이후 단 한 번의 패배도 기록하지 않은 것으로 유명했다.

그래서 무림이 그를 부르는 별호는 수십 개지만 그에게 가장 잘 어울리는 별호는 전왕(戰王)이었다.

단우하가 자신에게 검을 드리운 이 강렬한 기운의 사내를 반가움과 두려움이 동시에 묻어나는 시선으로 응시했다.

찰나의 순간 수많은 감정이 교차하는 눈으로 적풍을 보던 단우하가 갑자기 그 자리에 부복했다.

"노복 단우하, 소공자께 인사 올리오!"

갑작스러운 단우하의 행동에 십자성주 적풍의 눈썹이 꿈틀거렸다.

"넌 대체 누구냐?"

"소공자를 뵈러 온 사람입니다."

"내가 누군지 아느냐?"

"어찌 모르는 사람을 찾아왔겠습니까?"

"말하라. 어찌 날 알고 있느냐?"

"그건……."

단우하가 슬쩍 십자성주 적풍 뒤에서 그를 노려보고 있는 적풍의 가장 충직한 수하이자 의형제인 우마를 보며 입을 열기를 망설였다.

"천하에 내 아우와 따로 들을 말은 없다."

적풍이 단호하게 말했다. 그러자 단우하가 한참 망설이다가 고개를 끄떡였다.

"소공자의 명이라면 따라야지요."

단우하가 순순히 동의하자 적풍이 검을 거둬들였다. 그러자 단우하가 그의 눈앞에서 멀어지는 검을 눈여겨 바라봤다. 그런 그의 눈에 살짝 의혹의 빛이 서렸다.

하지만 단우하의 반응에 상관없이 적풍이 등을 돌려 애초에 그가 들어왔던 사당의 안으로 들어갔다.

그 순간 단우하의 눈빛이 다시 반짝였다.

그의 눈은 십자성주 적풍의 등을 바라보고 있었다. 그곳에 적풍이 손에 든 검 이외에 다른 두 개의 검이 좌우로 엇갈려 매여 있었다.

단우하가 재빨리 일어나서 적풍을 따라 사당 안으로 들어갔다.

모닥불을 사이에 두고 적풍과 단우하가 마주했다.

"형님 자리를 옮기시지요. 여기서 저자의 이야기를 듣기에는……."

우마가 여전히 단우하를 경계하는 빛을 보이며 말했다.

"됐어. 묻어주기엔 사당이 제격이지."

적풍이 퉁명스레 말했다.

순간 단우하의 얼굴에 두려움이 깃들었다. 십자성주 적풍이 하는 말이 결코 농으로 내뱉은 말이 아니라는 것을 알아챘기 때문이었다.

이 단단하고 냉막해 보이는 사내는 단우하가 마음에 들지 않는 대답을 할 경우 정말 그의 목을 벨 의지를 가지고 있었던 것이다.

"듣고 보니 그렇군요. 위패를 하나 세워줄 수도 있고… 치우 천왕 곁이면 나쁜 자리는 아니지요."

우마 역시 비릿한 살기를 드러내며 대답하고는 사당 밖을 보며 소리쳤다.

"성주께서 잠시 이곳에 머무신다. 준비해라."

우마의 말이 끝나기 무섭게 두 명의 젊은 사내가 각기 의자 하나씩을 들고 사당으로 들어와 모닥불 앞에 놓았다.

그러자 적풍과 우마가 각기 하나씩의 의자를 차지하고 앉았다. 모닥불 반대편엔 단우하가 선 채로 두 사람을 바라보고 있었다.

"앉으쇼? 고개 아프니까."

우마가 단우하를 보며 말했다. 그러자 단우하가 잠시 엉거주춤하다 씁쓸한 표정을 지으며 맨바닥에 엉덩이를 붙이고 앉았다.

"다시 묻겠다. 어찌 날 알고 있느냐?"

적풍이 무심하게 다시 물었다. 그러자 단우하가 잠시 망설이다가 입을 열었다.

"혹, 칠왕의 땅에 대해 아십니까?"

"알고 있다."

"그 땅에 대해 얼마나 알고 계십니까?"

"글세… 알 만큼은 안다고 해야겠지."

적풍이 대답했다.

그러자 단우하가 다시 물었다.

"그곳에 대해선… 우서한에게 들으셨습니까?"

단우하의 질문에 적풍이 표정이 변했다.

보통 강호에서 우서한을 지칭할 때, 그의 이름을 직접 말하는 사람은 드물다. 대부분의 경우 그의 별호인 의천노공으로 그를 부른다.

그런데 이자는 서슴없이 우서한이라는 이름을 입에 올렸다. 그건 곧 이 자에겐 강호제일의 의인이라는 의천노공 우서한에 대해 전혀 존경심이 없다는 뜻이다.

"그렇다."

생각을 길었지만 대답을 짧았다.

"그렇다면 그가 모든 것을 말해주진 않았겠군요."

"왜 그렇게 생각하지?"

"우서한… 그자는 음흉한 인물이지요. 자신이 가진 패를 모두 드러낼 사람이 아닙니다. 그 이유로 제가 소공자의 사람에게 무례한 짓을 범했으니 용서해 주시기 바랍니다. 다만 결코 그를 해치려는 의도는 없었습니다."

단우하가 정중하게 고개를 숙여보였다.

"우서한의 심성이 어떤지에 대해 그대와 논쟁하고 싶은 생각은 없다. 그러나 그의 심성과 내 사람에게 위해를 가한 일이 어떻게 관련이 있는지는 알아야겠군."

적풍이 다시 차갑게 말했다.

그러자 단우하가 망설이지 않고 대답했다.

"저로선 그보다 소공자님을 먼저 만나길 원했습니다. 그를 먼저 만났다가는 분명 그가 제가 소공자를 만나는 것을 막았을 것이기 때문입니다. 그래서 조 대협을 데리고 나온 것입니다. 결코 그를 해치려는 의도는 없었습니다."

단우하의 말에 적풍이 물끄러미 그를 바라보다가 얼굴을 찡그리며 말했다.

"사연이 많은 것 같으니 그 이야기는 차차 듣기로 하고, 그런데 올해 내 나이가 사십이다. 아니 넘었나?"

적풍이 우마를 돌아봤다.

"아직 두 살 부족해요."

우마가 자기 나이도 모르냐는 듯 심드렁히 대답했다.

"그래? 아무튼 비슷하군. 그래서 말인데 나이 사십 근처에 소공자 소리를 들으니 어색하군. 평생 공자 소리를 들어 본 적도 없고 말이야. 내가 왜 그대에게 소공자 소리를 들어야 하지?"

"짐작컨대, 아니 확신하건데 십자성주께선 그분의 아드님이기 때문입니다. 한눈에 알아보았지요. 그분을 그대로 닮으셨습니다. 아무리 부인해도 부인할 수 없을 만큼 말입니다."

순간 적풍의 눈에서 검은색 기운이 흘러나오기 시작했다. 그 기운이 사당 안을 얼음장처럼 차갑게 얼려 버렸다.

그러나 단우하는 전혀 두려운 기색이 없었다. 마치 아주 오래전부터 익숙한 기운인 듯 편안한 표정까지 지어보였다,

"당신이 말한 그는 누구냐?"

"짐작하시리라 생각합니다만……."

"전마(戰魔)냐?"

"그렇습니다. 저의 영원한 주군이시지요."

"대단한 충성심이군. 사십 년 전에 죽은 주군의 아들을 찾아 교벽을 통과해 오다니. 이해도 가지 않고 말이야."

적풍이 중얼거렸다.

그의 말에는 이미 그 자신이 전마 적황의 아들임을 시인한다는 의미가 내포되어 있었다.

"맞으시군요."

"그대의 짐작대로다. 하지만 세상에 절대 알려져선 안 되는 비밀이기도 하지. 다시 말해 그대의 목숨이 지금 칼날 위에 올라와 있다는 뜻이다."

적풍의 대답에 단우하가 화가 난 듯 중얼거렸다.

"역시 우서한 그자는 모든 것을 말하지 않았군요."

"무슨 말이냐?"

"소공자께서 잘못 알고 계신 것이 있습니다."

"난 말을 길게 하는 사람을 좋아하지 않아."

적풍이 단우하의 말을 재촉했다. 그러자 단우하가 정색하며 말했다.

"저에게 교벽의 시(時)를 읽어, 교벽이 만드는 길을 따라 다시 이 땅에 와서 소공자를 만나라고 명을 내린 분이 바로 그분이십니다!"

순간 적풍이 눈에서 눈동자가 사라졌다.

강렬한 충격이 그로 하여금 신혈족의 원초적인 모습을 드러내게 한 것이다. 눈동자가 있던 곳은 검은 기운으로 가득 찼다.

"형님!"

지나치게 흥분한 듯한 적풍의 모습에 우마가 얼른 적풍을 불러 그의 흥분을 가라앉혔다.

적풍이 눈을 감았다.

순식간에 그가 뿜어내던 검은 기운이 걷혔다. 장내가 침묵으로 천근처럼 무거워졌다.

모닥불의 일렁임이 만들어내는 그림자의 너울 말고는 세상에 움직이는 것은 아무것도 없었다.

그러다가 적풍이 눈을 떴다. 어느새 그의 눈은 인간의 그것으로 돌아와 있었다.

"언제 받은 명이냐?"

적풍이 물었다.

그러자 단우하가 긴장한 표정으로 대답했다.

"이곳 시간으로 하자면 석 달 전이지요."

"그 말은 그가 살아 있다는 것이냐?"

"그렇습니다."

단우하가 대답했다.

그러자 적풍이 다시 입을 닫았다. 그의 얼굴에 알 수 없는 감정들이 스쳐지나갔다.

"아니 정말 전마께서 살아계시오?"

우마의 말투가 조심스럽게 변했다.

우마는 전마 적황이 그의 의형인 적풍의 아버지인 것을 알고 있는 몇 안 되는 사람 중 하나였다.

그러니 그로서는 전마 적황이 살아 있고, 그가 보낸 사람이 단우하라면 그를 함부로 대할 수 없었다.

"그렇소."

단우하가 즉시 대답했다.

"아니 어떻게……?"

"신혈의 피가 보통의 사람보다 수명이 긴 것은 알고 있지 않소?"

단우하게 되물었다.

"그건 그렇지만… 그분은 분명 밀교의 문 앞에서 파마시에 맞아 죽었다고 했는데……."

"그래서 내가 우서한이라는 인간을 믿지 못하겠다는 거요. 그자는 주군께서 살아계신 것을 알고 있소."

순간 적풍이 무겁게 입을 열었다,.

"정말 그가 알고 있는가?"

"그렇습니다."

"어떻게 그걸 확신하지?"

"칠왕의 땅과 이 땅의 소식을 주고받는 일은 오직 월문만이 할 수 있는 일이기 때문입니다. 칠왕의 땅에서 주군께서 해내신 일을 그가 모를 리가 있겠습니까? 그 일에는 현월문도 제법 관여가 되어 있는데요."

단우하가 더 말할 필요도 없다는 듯 대답했다.

"그런데 그는 왜 그 사실을 형님께 숨긴 걸까요? 그가 전마께 파마시를

쏜 일로 형님과 그의 사이는 언제나 껄끄럽지 않았습니까?"

그러자 적풍이 대답했다.

"밀교의 문을 지키고 싶었겠지."

"예?"

"내가 그 양반을 만나러 칠왕의 땅으로 가려 할 수도 있다고 생각했을 거다."

"아, 그럼 다시 밀교의 문을 열어야 하니까요?"

"음!"

적풍이 고개를 끄덕였다.

"젠장 아무리 그래도 그렇지. 산 사람을 죽은 사람으로 만들어?"

우마가 화가 난 표정으로 중얼거렸다.

그러나 적풍은 의천노공 우서한에 대해 분노를 드러내지 않았다. 대신 단우하를 보며 다른 질문을 던졌다.

"그래서 그 양반은 왜 당신을 보낸 건가? 이제 와서……."

적풍의 질문에 단우하가 잠시 망설이다가 입을 열었다.

"주군께선… 천명이 얼마 남지 않으셨습니다."

"그래서?"

적풍이 싸늘하게 되물었다.

단우하의 얼굴에 당혹감이 깃든다. 아버지의 죽음이 가까워

졌다는데도 적풍의 반응은 지나치게 차갑다. 마치 자신과 아무런 연관이 없는 사람의 소식을 듣는 것 같았다.

"주군께서… 소공자를 만나고자 하십니다."

"정말 천명이 다한 모양이군. 버리고 떠난 자식을 찾다니."

적풍이 씁쓸한 표정으로 중얼거렸다.

"주군께서는 소공자께서 칠왕의 땅으로 오길 바라십니다."

"직접 움직일 상태도 아닌가?"

"그건 아니지만 그곳의 사정이……."

"여전하군. 자신의 일이 먼저인 것은. 하지만 같은 피를 가진 건 나도 마찬가지군. 이곳을 떠나기에는 할 일이 너무 많아. 그러니 돌아가 안부나 전하라. 부디 편히 지내가 가시라고!"

"소공자! 이 일은 그리 단순한 문제가 아닙니다."

단우하가 다급하게 말했다.

그는 오늘 이렇게 헤어지면 다시는 적풍을 만나지 못할 것이라는 것을 너무 잘 알고 있었다.

그런데 그런 단우하의 반응을 보고 적풍의 표정이 살짝 변했다.

"이제 보니 그저 버리고 간 자식을 보고 싶은 부정(父情) 때문이 아니었군."

"그, 그렇습니다."

"후후, 이것 참 고약한 노인네가 아닌가? 안 그러냐? 이제 와서 내가 필요하다니."

적풍이 고개를 돌려 우마를 보며 물었다.

"그러게요. 형님이 필요해서 보자는 것일 줄은 몰랐군요. 생각보단 정말 비정한 분이십니다."

"그러게 말이다. 그리고 그 말을 들으니 더더욱 가기 싫군. 아무튼 만남은 즐거웠다."

적풍이 몸을 일으켰다. 그러자 단우하가 갑자기 그 자리에 부복하며 말했다.

"제발 제게 시간을 더 주십시오."

"이쯤하면 충분한 것 같은데? 그대도 그대의 주군을 위해 충분히 노력했고."

"아닙니다. 아직 제가 하고 싶은 말의 삼 할도 하지 못했습니다."

"그렇게 사연이 많은가?"

"주군께서 소공자님을 떠난 것은 어쩔 수 없는 선택이었습니다. 그 이유들을… 설명하겠습니다. 제 설명을 들으시고도 가시지 않겠다면 저도 더 이상 고집 부리지 않겠습니다."

단우하가 이마를 바닥에 대며 사정했다.

"시간을 달라?"

"그렇습니다. 그 정도 아량은… 죽음을 무릅쓰고 다시 이 땅에 온 저의 작은 노고에 대한 배려라 생각해 주시기 바랍니다."

적풍이 묵묵히 땅에 머리를 대고 있는 단우하를 응시했다. 그러자 우마가 입을 열었다.

"형님 그렇게 합시다. 그 먼 데서 온 사람인데… 내가 저 지경이면 마음이 어떨까하는 생각이 드는군요."

"그래?"

"그럼요. 저도 형님을 위해서라면……."

"그렇군. 하여간 어디든 주군이란 자들이 문제군. 수하들 고생시키는 주군들 말이야."

"뭐, 그렇다고 할 수 있죠."

"정말 나도 그렇단 말이냐?"

"그간 내가 편하게 산 것은 아니잖아요?"

우마가 어깨를 으쓱하며 말했다.

"그래서 후회하는 거냐?"

"그럴 리가요? 고생은 했지만 즐거웠지요. 운명을 바꿔가는 삶이란 것은……."

우마의 말에 적풍이 가볍게 고개를 끄떡이다가 문득 단우하를 보며 물었다.

"그런데 내가 죽었는지 살았는지도 몰랐을 텐데. 그걸 감수하고 날 찾아 이 땅에 다시 올 만큼 급박하단 뜻인가?"

"소공자께서 살아계신 것은 이미 알고 있었습니다. 또한 의천노공 우서한을 능가하는 힘을 지니고 계시다는 것도 알고 있습니다."

단우하의 말에 적풍이 다시 자리에 앉으며 물었다.

"그 말은 그도 현월문과 가깝다는 의민가? 그렇지 않고서야 이쪽 세상의 이야기를 들을 수 없지 않은가?"

"그건 아닙니다."

단우하가 고개를 저었다.

"그게 아니라면 어떻게 내 소식을 알았지?"
"모악이라고 아실 겁니다."
"모악! 그 여우가 살아 있소?"
적풍보다 우마가 놀라 물었다.
"살아서 칠왕의 땅으로 다시 왔소. 칠왕의 땅에 들어와서는 몰래 수년 간 숨어살다가 결국 우리 손에 잡혔소. 그에게서 이곳 명월문에 일어난 일을 들었소. 아, 거기선 이곳의 월문을 명월문이라 부르오. 아무튼 그에게서 십자성과… 전왕의 검을 쓰는 젊은 십자성주에 대한 이야기를 들었소. 그 이야기를 듣는 순간 우린 소공자께서 십자성주일 것이라 짐작했지요."
"단지 짐작으로 날 찾아왔다?"
적풍이 물었다.
"그렇습니다."
단우하가 대답했다.
그는 이제 꼿꼿이 앉아 있었다. 그런 단우하를 보며 적풍이 천천히 말했다.
"좋아. 오늘 밤 시간을 내주지. 아무리 할 말이 많아도 하룻밤이면 충분할 테니까. 아우!"
"예, 형님!"
"술도 필요할 것 같은데?"

제3장
검은 사자들의 성(城)

단우하의 장담대로 그의 입에서 흘러나오는 칠왕의 땅에 대한 이야기는 우서한에게서 들은 것과는 차이가 있었다.

그렇다고 우서한이 거짓말을 한 것은 아니었다. 단지 그는 그가 알고 있는 것의 삼 할 정도만 적풍에게 말해주었을 뿐이었다. 그래선지 우서한에 대한 원망은 그리 크지 않았다.

적풍 역시 우서한이 이 신비한 시공의 문으로 연결한 이계(異界)에 대해 모든 것을 말해줬을 거라고는 생각지 않았었다.

물론 그래도 삼 할은 생각보다 적은 것이어서 실망감이 들기는 했다. 적어도 적풍은 우서한이 육 할 정도의 사실은 말해줬을 거라 생각하고 있었다.

그가 숨긴 칠 할의 비밀 중 물론 가장 중요한 것은 전마 적황의 생존에 관한 것이었다.

단우하의 말에 따르면 검은 사자들을 이끌고 무림을 종횡하며 칠보를 모아 밀교의 문을 연 전마 적황은 파마시를 맞은 채로 칠왕의 땅으로 향했다.

그곳에서 그는 자신을 기다리고 있던 사람들, 칠왕의 땅에서 노예와 다름없는 생활을 하고 있던 동족을 이끌고, 검은 사자들과 함께 그 땅에서 가장 강력한 세력을 형성했다.

그리고 결국 칠왕의 땅에서 가장 비옥하다는 아바르를 지배하게 되었다고 단우하는 전했다.

"그러니까 결국 그 사람들을 위해 그렇게 칠왕의 땅으로 돌아가려 했던 것이군요."

어느새 우마는 단우하에게 존대를 하고 있었다.

그도 그럴 것이 단우하가 자신을 전마 적황을 따르는 검은 사자들 중 서열 삼 위에 해당하는 인물이라고 밝혔기 때문이었다.

검은 사자들로 인해 강호무림의 신혈족들은 수십 년 간 박해를 받았지만 그래도 그들에게는 한때 이 무림에 군림했던 검은 사자들에게 대한 그리움이나 아련한 존경 같은 것이 남아 있었다.

그런 검은 사자들 중 서열 삼 위의 인물을 함부로 대할 수가 없는 우마였다.

"그렇소, 우리에겐 지켜야 할 사람들이 있었소. 제일차 신혈의 봉기가 실패로 끝나고, 그 봉기를 이끌었던 주군과 우리들은 모두 죽을 위기에 처해 있었소. 그런데 운이 좋게도 마침 그때 교벽이 열렸고, 천우신조로 이 땅으로 올 수 있었던 것이오. 그렇게 우린 살았지만 그곳에서 우리와 함께 봉기한 신혈족들은 참혹한 상황에 놓이게 되었소. 그런 사실을 알고 있는 우리들로서는 무리를 해서라도 하루 빨리 돌아갈 수밖에 없었던 것이오."

단우하가 과거 검은 사자들이 그토록 광포한 행보를 보였던 이유를 차분하게 설명했다.

"그런데 다시 돌아갔다고 해서 어떻게 동족들을 구할 수 있었단 말입니까? 어르신 말씀대로라면 겨우 백 명도 안 되는 검은 사자들의 숫자는 칠왕의 땅의 강자들을 상대하기에는 너무 적은 것 아닙니까? 벌써 한 번 패했고 말입니다."

"물론 칠왕의 땅을 떠날 때의 우리였다면 다시 패했을 것이오. 그러나 이곳을 떠날 때의 우리는 처음 그때의 우리가 아니었소. 우린 이 땅에서 신혈의 기운을 모두 일깨웠고 또… 무공이란 것을 배웠으니까."

"아니아니, 잠깐만요. 그러니까 처음 이곳에 올 때는 무공이란 것을 몰랐단 말입니까?"

"그렇소."

"그런데 어떻게 갑자기 무림을 제압할 수 있는 고수가 될 수 있었단 말입니까? 신혈의 피란 것이 아무리 대단해도 겨우 삼 년 만에… 아니 처음 강호에 검은 사자들이 등장했을 때 이미 그들은 강호의 절정고수가 아니었습니까? 저도 그 피를 가지고 있지만 무공이란 것은 아무리 재주가 특출나도 하루 이틀에 완성할 수 있는 것은 아닌데……."

"그건 세상이 우리의 행적을 정확히 몰랐기 때문에 생긴 세상의 오해요."

"오해요?"

"그렇소, 그 오해 중에 가장 중요한 것은 우리가 강호에 머문 시간이오. 세상에선 우리가 강호에 삼 년 동안 머문 것으로 알려졌으나 사실 우리는 이 땅에 오 년을 머물렀소. 그러니까 천의비문을 찾아갔을 때 우리는 이 땅에서 이 년을 산 이후였소."

"그 시간에 무공을 수련했다는 겁니까?"

"그렇소."

"대체 누구에게 말입니까?"

예기치 않은 기회로 이 땅에 온 검은 사자들이 누구에게 무공을 배울 수 있었단 말인가?

무림에서 스승을 찾는 것은 그리 쉬운 일이 아니다. 그것도 단 시간에 일류의 경지에 오를 수 있는 무공을 가르칠 수 있는 스승은 손에 꼽을 수밖에 없었다.

"칠왕의 땅에서 우리 형제들에게 자존의 정신을 일깨워준 분이 계셨소. 주군께서 우리들의 지도자였다면 그분은 우리의 스승이셨소. 단시천이라는 분인데, 그쪽 땅에서는 어둠의 상인이라고 불리셨소."

"어둠의 상인이라… 특이한 별호군요."

"사실 알고 나면 그 별호가 특별할 게 없을 것이오. 그분은 말 그대로 칠왕의 땅의 여러 세력들을 오가며 금지된 물건들을 사고파는 밀매업자 같은 분이셨으니까. 특히 우리 신혈족에겐 아주 중요한 분이었소. 우린 그분에게서 우리에게 허락되지 않은 물건들을 구할 수 있었으니까."

"그런 사람이 있었다고 칩시다, 그래서?"

오랜만에 적풍이 입을 열었다. 단우하의 이야기에 별 관심을 두지 않는 것 같아도 모든 것을 듣고 있었던 것이 분명했다.

"교벽이 열리고 우리가 탈출을 시도하려던 그때 그분께서 주군께 한 장의 양피지를 건네셨소. 그 양피지에는 이 땅에서 이십팔룡이라 부르는 사람들 중 한 명인 십병초인 황천산이란 분의 무공을 얻을 수 있는 방법이 쓰여 있었소."

"십병초인!"

우마가 놀란 눈으로 소리쳤다.

"아시오?"

"어찌 모르겠습니까? 무림 역사상 가장 다재다능했던 병기의 달인을, 더군다나 이십팔룡 중 몇 안 되는 일인전승의 고수였는데……."

"잘 알고 있구려. 그럼 이십팔룡이 칠왕의 땅으로 왔다는 것은 알고 있소?"

"그 이야기는 의천노공에게 들었습니다."

단우하가 대답했다.

"이십팔룡은 칠왕의 땅에 와서 각기 다른 삶을 살았소. 누군 칠왕의 후손과 인연을 맺어 대단한 지위를 얻었지만, 또 어떤 사람은 홀로 어둠 속으로 사라졌소. 그런 사람들 중 한 명이 십병초인이셨는데, 그분의 유진을 스승께서 우연히 얻어 간직하고 계셨던 것이오."

"천운이었군요."

"그렇다고 할 수 있소. 아무튼 교벽을 통해 강호에 온 우리는 피폐해진 몸으로 십병초인의 유진이 남아 있는 요동 동화산을 찾아 그곳에서 이년 간 그분의 무공을 수련했소. 물론 그때는 초식을 익히는 일에 주력했소. 교벽을 통과하면서 죽은 사람도 있고, 산 사람도 몸이 성치 않았으니까. 어쨌든 그렇게 이년 간 초식을 수련한 후 천의비문을 찾아간 거요. 천의비문을 찾아간 이유는 그대도 잘 알 것이오."

"초식은 얻을 수 있었으나 그 초식의 위력을 제대로 발휘할 내공이 없었으니 몸을 치료하면서 신혈의 기운을 깨워야 했던 것이군요."

"바로 그렇소."

단우하가 고개를 끄떡였다.

"아하, 그렇게 된 것이군요."

우마가 모든 것이 이해가 간다는 듯 고개를 끄떡였다. 그간 검은 사자들에게 대해 풀리지 않았던 의문들이 해소된 것이다.

단우하의 이야기는 그쯤에서 잠시 끊겼다.

적풍도 우마도 그리고 단우하도 과거의 그 폭풍 같았던 검은 사자들의 삶에 대한 미묘한 상념에 빠져 더 이상 입을 열지 않았다.

그러다가 문득 적풍이 그 침묵을 깼다.

"칠왕의 땅에 신혈족은 얼마나 있나?"

갑작스러운 질문에 단우하가 퍼뜩 정신을 차린 후 잠시 생각에 잠겼다가 입을 열었다.

"정확한 숫자는 알 수 없습니다. 그러나 주군의 보호 하에 비옥한 아바르의 땅에 정착한 사람의 숫자가 처음에는 대략 삼만 정도였습니다. 그러다가 고난을 벗어나자 새로 태어나는 아이들의 숫자가 급격하게 늘어나 지금은 십만 정도가 되지요."

"그렇게 많습니까?"

우마가 놀란 표정으로 되물었다.

"그렇소. 그리고 바로 그 점이 칠왕의 땅을 지배하는 자들에게 큰 위협으로 여겨졌던 이유기도 하오. 왜 그러냐하면……."

단우하가 말을 하다말고 입을 닫았다. 적풍이 손을 들어 그의 말을 제지했기 때문이었다.

"그곳 사정은 나중에 듣기로 하지. 벌써 새벽이 되었으니 이제 중요한 말을 해 보시오. 왜 내가 필요한 거요? 보아하니… 못다한 아버지의 정 때문은 아닌 것 같고."

적풍이 물었다. 그러자 단우하가 어두운 표정으로 말했다.

"소공자께서 생각하시는 것처럼 주군께서 그렇게 매정한 분은 아닙니다. 주모님과 소공자님을 떠난 것은 앞서 말씀드렸듯이 노예의 삶에서 구해내야 할 사람들이 그곳에……."

"그만하라고 했을 텐데? 그의 변명을 당신이 대신할 필요는 없어."

적풍이 단호하게 말했다. 이유야 어쨌든 버려진 것은 버려진 것이다.

"알겠습니다. 그건 차차 말씀드리지요. 아무튼 주군께서 절 보낸 이유 에 소공자님에 대한 부정이 개입되지 않았다고 할 수는 없습니다. 사실… 몇 번 절 보내실 기회가 있었지요. 하지만 소공자께 혼란을 드리는 것은 아닌지 하여."

"참 고집이 세군."

적풍이 못마땅한 표정으로 말했다.

"아닙니다. 이 이야기는 반드시 먼저 해야 합니다. 그래야 지금의 상황을 이해하실 수 있습니다."

"후우… 좋아. 계속 말해 보시오."

"이번에 주군께서는 절 이곳에 보내면서도 많이 망설이셨습니다. 역시 소공자의 삶에 큰 혼란을 드리게 될까봐 말입니다. 그럼에도 불구하고 절 보내신 이유는 바로 소공자님이 가지고 계신 그 검 때문입니다."

"검?"

적풍이 되물었다.

"그렇습니다."

단우하가 대답했다. 그러자 적풍이 자신이 가지고 있는 세 자루 검을 하나씩 만지며 말했다.

"이 청룡검은 늙은 사부에게 얻은 것이니 관련이 없을 것이고, 또 이놈은 지왕종문의 소주란 자에게서 취한 것이니 역시 관련이 없을 것이고. 결국 이놈 때문이겠군."

적풍이 전왕의 검, 적풍 자신은 사자검이라 부르는 의천노공 우서한으로부터 받은 검을 끌어냈다.

"그렇습니다."

"이 검을 가져가려고?"

"만약 소공자께서 저와 함께 가시는 것을 끝내 거절하신다면 그 검이라도 가지고 가야 합니다."

"생각보다 중요한 놈이었군."

적풍이 새삼스레 사자검을 들어보며 중얼거렸다.

"그래서 앞서 그런 말씀을 드린 겁니다. 주군께서 소공자님에 대한 정이 없으셨다면 어찌 그 귀한 검을 소공자께 남겼겠습니까?"

"그 이야기는 들었지. 내게 신혈의 기운이 나타나면 이 검을 전해주라고 했다던가?"

"맞습니다. 주군께서 우서한에게 그런 부탁을 했지요. 적어도 그가 그 약속은 지켰군요."

"후후, 자신에게 내 힘이 필요한 일이 생겼기 때문이었지. 그래 이 검은 왜 필요한 건가?"

적풍이 다시 물었다.

그러자 단우하가 심각한 표정으로 말했다.

"그 검은 칠왕을 상징하는 검 중 하나입니다. 그곳이 칠왕의 땅으로 불리는 것은 바로 칠왕이 상징하는 일곱 개의 검 때문이지요."

"생각보다 대단한 놈이었군."

"칠왕의 땅은 오백 여 년 전부터 일곱 명의 절대자들과 그 후손에 의해 다스려지고 있습니다. 그전에는 혼란과 죽음의 땅이었지요. 인간과 이족들이 섞여 살았고, 정의와 질서는 찾아볼 수 없는 곳이었습니다. 칠왕이 나타난 이후에야 그 땅에 질서라는 것이 생겼습니다. 칠왕의 검은 차요담이라는 기인이 만든 것인데, 그는 그 신검들을 칠왕의 땅에 평화를 가져온, 아니 평화라기보다는 질서라는 말이 옳겠군요. 그 질서를 세운 일곱 명의 절대자들에게 선물했습니다. 야만의 역사를 끝낸 것에 대한 존경과 하나의 약속을 받아내기 위한 선물이었지요."

"그런 검이 어쩌다 내 손에 들어왔을까?"

적풍이 고개를 갸웃하며 물었다.

"세상에 영원한 것은 없는 법이지요. 칠왕이 이룬 균형은 세월이 지나서면서 무너지기 시작했습니다. 그중 가장 먼저 몰락한 곳이 믿을 수 없게도 그 땅에서 가장 강력한 힘을 자랑하던 아바르의 왕이었지요. 그 왕이 가졌던 검이 바로 전왕의 검입니다. 혹은 전사들의 검이라고도 하지요. 싸움에 관해서는 하여간 적수를 찾기 어려운 씨족이었지요."

"그런데 왜 멸망했습니까?"

우마가 물었다.

"너무 강해서랄까. 나머지 육왕 중 삼 인이 아바르를 공격했소. 아무리 대단한 자라해도 신검의 주인 세 명의 공격은 감당할 수가 없었소. 전왕족은 멸망하고 이후 비옥한 아바르는 그들의 차지가 되었는데, 그 땅에서 우리 신혈족들이 노예로 살았던 것이오. 아바르는… 칠왕의 땅에서 가장 비옥한 곳이지만 칠왕의 후손들은 워낙 그 숫자가 적어서 노예들이 필요했던 거요."

"신혈족이 어쩌다가 노예가 된 것입니까?"

우마가 이해가 가지 않는다는 표정으로 물었다. 신혈의 피는 특별하다. 그들이 가진 힘과 재주는 일반인에 비할 바가 아니었다.

비록 특별한 재능이 발현되지 않는 신혈족이라 할지라도 보통사람들에 비하면 무척 건강한 편이었다. 그런 자들이 누군가의 노예가 되었다는 것이 쉽게 이해되지 않았다.

"신혈의 피가 특별한 것은 분명하오. 하지만 칠왕의 후손들에 비하면 신혈은 그리 대단한 것이 아니오. 애초에 신혈족이 탄생한 것부터 칠왕의 지배자들 때문이기도 하고 말이오."

"신혈족의 탄생이 의도된 것이라고?"

뿌리에 대한 이야기다. 적풍으로서도 관심이 갖지 않을 수 없었다.

적풍의 물음에 검은 사자 단우하가 우울한 표정을 지으며 잠시 말을 멈췄다. 그러고는 어느새 낡은 사당 벽을 뚫고 들어오는 아침 햇살에 손을 내밀어 그 햇살을 손에 담으며 말했다.

"긴 이야깁니다. 짧게 이야기하기 어렵지요. 또 우울한 이야기이기도 하지요. 아무튼 아바르의 전왕족이 멸망한 이후 그 검은 자취를 감췄습니다. 그러다가 우연히 주군의 손에 들어

오게 된 것이지요. 그 검을 얻은 이후 우리 신혈족들은 노예의 신분을 벗어날 수 있다는 희망을 품게 되었던 것입니다. 그런데 주군께선 그 중요한 검을 소공자께 남겼지요."

단우하는 신혈족의 기원에 대해서는 당장 말하고 싶지 않은 듯 보였다.

"그런데 이제 다시 이 검이 필요하다? 그만큼 위태롭단 뜻이군."

"그렇습니다."

단우하가 숨기지 않고 대답했다.

그러자 적풍이 잠시 생각에 잠겼다가 입을 열었다.

"쉽게 결정할 수 있는 문제가 아니군."

"안타깝게도 제겐 시간이 많지 않습니다."

단우하가 대답했다.

"그래도 어쩔 수 없는 일, 이 일을 결정할 수 있는 사람은 따로 있다. 내가 결정할 문제가 아니야."

적풍의 말에 단우하가 걱정스러운 표정으로 되물었다.

"설마… 월문의 법황을 두고 하는 말씀이십니까?"

단우하의 얼굴에 적의가 드러났다.

"그는 아니다. 그런데 듣고 보니 그 문제도 있었군. 칠왕의 땅이란 곳으로 가려면 밀교의 문을 열어야 하는데 그럼 그와 다시 싸워야 한다는 뜻인가?"

적풍이 눈살을 찌푸렸다.

우서한과 싸우는 일이야 망설일지언정 못할 일은 아니었다.

그러나 그가 아닌 당대 월문의 주인과 싸우는 일은 적풍으로서도 쉽게 결정할 수 없는 일이었다.

왜냐하면 당대 월문의 법황 허소월은 그의 의형제이기 때문이었다.

"밀교의 문을 열면 좋지요. 하지만 그게 어렵다면 다른 길도 있습니다."

"뭔가?"

적풍이 즉시 되물었다.

"신비한 교벽의 실체를 아는 것은 오직 월문뿐이지요. 수많은 천재들이 그 일에 도전했습니다만, 그 누구도 교벽의 비밀을 알아내지 못했습니다. 그건 우리 검은 사자들도 마찬가집니다. 하지만 그 주기를 읽어내는 일에는 제법 성과가 있었지요."

"할 수 있단 말인가? 그대가?"

"다만 백여 일 사이의 오차가 있습니다. 월문이라면 한 달 안쪽이지요."

단우하가 대답했다.

그러자 우마가 말했다.

"하긴 그래요. 형님, 항상 월문에서 미리 교벽이 내릴 위치를 알려줘서 우리가 움직였잖아요?"

우마의 말에 적풍이 고개를 끄떡였다.

그러자 단우하가 말을 이었다.

"보통의 경우 교벽은 수년에 한 번 있을까 말까하지요. 그 위치를 특정하기도 어렵고 말입니다. 하지만 이번에는 적어도 석 달 후부터 백 일 안에 다시 교벽이 나타날 겁니다."

"석 달이라……."

"그러니 시간이 많지 않습니다. 그런데 대체 소공자님의 행보를 결정할 사람은 누구입니까?"

단우하가 강렬한 호기심을 담은 눈으로 물었다.

그는 적풍의 아버지, 전마 적황을 평생 따른 사람이다. 그래서 그 피를 가진 사람의 특징을 누구보다 잘 알았다. 그들은 오직 스스로 자신의 행보를 결정한다.

그런데 그런 전마의 피를 가진 적풍이 누군가의 결정에 따라 행동한다는 것을 믿을 수가 없었다.

"있소, 그런 사람이."

적풍이 대답하며 자리에서 일어났다. 그리고 우마에게 말했다.

"신곡으로 가야겠어."

"알겠습니다, 형님. 당장 준비하지요."

우마가 즉시 대답했다.

* * *

천하무림의 성지이자 금지로 알려진 월하선봉, 그 중턱에 십여 년 전에 생긴 한 채의 고풍스러운 장원이 있었다.

장원 주위를 아름드리나무들이 둘러싸고 있어 멀리서 보면 장원의 존재가 드러나지 않았다.

그 장원에는 전 무림의 존경을 한 몸에 받고 있는 위대한 인물이 기거한다.

의천노공 우서한, 한때 천하제일의 마인이 될 뻔한 순간도 있었지만 그는 그 위기를 넘기고 여전히 천하제일의 성자로 군림하고 있었다.

그 장원의 왼쪽 편에 다른 건물들에 비해 십여 장 높은 건물이 외롭게 서 있었다.

오직 그 건물만이 멀리서도 사람들이 볼 수 있는 장원의 유일한 건물이었는데, 그 크기 자체는 그리 크지 않아서 수백 년 자란 나무들과 어울릴 정도였다.

그 망루 위에서 한 노인이 아미를 모으고 뭔가를 골똘히 생각하고 있었다.

노인 앞에는 한 명의 중년 사내가 서서 긴 침묵에 빠진 노인의 말을 기다리고 있었다.

"시신은 발견되지 않았단 말이지?"

"그렇습니다."

중년 사내가 대답했다.

사내의 이름은 송자방, 철들기 시작해서부터 월문의 문도였고, 스물 이후로는 의천노공 우서한의 심복인 맹의검이 이끄는 월문 좌령의 중추적인 고수로 활동하는 자였다.

"십자성 사람들은?"

"십사성주께 이 일을 전하겠다면서 신곡으로 갔습니다."

"지금 그곳에 안 계실 터인데?"

"그래도 결국 만날 곳은 그곳 아니겠습니까?"

"문제군. 과연 십자성주가 어찌 나올지……."

"만약의 경우 조 대협이 죽었다면 가만있지는 않을 겁니다."

"음……."

"법황께 말씀드려야 할 것 같습니다만……."

"그래야겠군. 마음에 걸리는 것도 있고……."

"무엇이……?"

"아닐세. 일단 함께 법황님을 만나러 가세."

월문의 좌령을 이끌고 있는 노고수 맹의검이 자리를 털고 일어났다.

아름다운 청년과 신비로운 노인이 호수에 낚싯대를 드리우고 무료한 표정으로 찰랑이는 수면을 바라보고 있었다.

두 사람은 닮은 듯 다르고, 혹은 다른 듯 닮아 있었다. 노소의 차이가 있지만 두 사람에게 느껴지는 기운은 묘하게 비슷했다.

둘 모두 탈속한 모습이어서 노인에게는 어울리지만 청년에게서는 가끔 불편함이 느껴지기도 했다.

"누가 오는구나."

문득 노인이 입을 열었다. 목소리에 숨길 수 없는 반가움이 느껴진다. 필시 이 낚시질이 지루했던 것이 분명했다.

반면 청년의 얼굴엔 귀찮은 기색이 떠올랐다. 노소가 바뀐 듯한 모습이다.

"좌령주이시군요."

"그렇구나. 무슨 일일까?"

노인이 물었다.

"사부께서는 여전히 세상일에 관심이 많으시군요."

"내가? 웬걸, 법황자리도 네게 넘겨주지 않았더냐. 난 단지 사람이 그리울 뿐이다."

"저와 지내시는 것이 무료하세요?"

청년이 물었다.

"그래. 나 같은 사람은 나이가 들수록 말 친구가 필요한 법인데 너 같은 애늙은이랑 같이 있으려니 견디기 힘들다."

노인이 부인하지 않고 대답했다.

"그러게 외유를 나가시라니까요."

"이젠 힘이 없어서……."

노인이 짐짓 어깨를 늘어뜨리며 말했다.

"아직도 불안하세요?"

청년이 정색을 하며 물었다. 그러자 노인의 얼굴에서 장난기가 사라졌다.

"그래 난 아직도 그 아이가 두렵구나."

"형님의 약속을 믿으세요. 밀교의 문을 다시는 열지 않겠다고 하셨잖아요. 사부께서 지키고 계실 이유가 없어요. 더군다나, 절벽이 무너져 묻혀 버렸는데……."

"열고자 하면 뭘 못하겠느냐."

노인이 심드렁하게 대답했다.

그사이 산봉우리를 넘어 월하선봉 가운데 있는 신비로운 호수로 접근한 노인과 중년 사내가 두 사람에게 고개를 숙여 인사했다.

"두 분 법황님을 뵙습니다."

"새삼스레 무슨 인산가? 이리 오게."

노인을 손을 들어 반갑게 두 사람을 맞았다.

월문의 두 기둥이라는 좌령의 수장 맹의검이 그가 가장 신뢰하는 수하 송자방을 데리고 월문의 두 법황, 의천노공 우서한과 허소월 앞으로 다가갔다.

"무슨 일이 있습니까?"

허소월이 맹의검을 보며 물었다. 그의 표정이 그리 밝지 않기 때문이었다.

"교벽을 건넌 자를 한 사람 놓쳤답니다."

"흠… 가끔 있는 일 아닌가요?"

허소월이 되물었다.

"그런데 좀 특이한 자였답니다. 그래서 아무래도 말씀드려야 할 것 같아서……."

"특이하다? 어떻게 말인가?"

이번에는 의천노공 우서한이 물었다. 그러자 맹의검이 함께 온 송자방을 보며 말했다.

"말씀드리게."

맹의검의 말에 송자방이 조심스럽게 입을 열었다.

"그자는 교벽을 통과한 다른 자들과는 달랐습니다. 몸이 상하기는 했지만, 그 모습과 옷차림은 신선처럼 깨끗했습니다. 백발은 은빛으로 빛났고, 옷도 백의를 입어 신비스러운 기운을 풍겼지요. 처음 보았을 때 크게 몸이 상해 전혀 경계하지 않았는데 그게 실수였습니다. 채 오 일이 되기 전에 은밀히 몸을 회복해 십자성의 고수 조어장을 납치해 사라졌습니다."

"조 대협을요?"

허소월이 놀란 표정으로 되물었다.

"그렇습니다."

송자방이 큰 죄를 지은 사람처럼 의기소침하게 대답했다.

"조 대협을 납치할 정도면 대단한 능력을 지닌 자로군요."

"그 땅에서 오는 자들이 대부분 그러하지 않더냐. 그런데 그 정도로는 이렇게 급하게 날 찾아올 일은 아닌 것 같은데?"

의천노공 우서한의 송자방을 보며 더 할 말이 있지 않느냐는 표정으로 물었다.

그러자 송자방이 지체하지 않고 대답했다.

"그렇습니다. 그는 월문과 법황님에 대해 알고 있었습니다. 정확히 자기 입으로 법황님의 존함을 이야기 했습니다."

송자방의 말에 장내 사람들의 표정이 굳어졌다.

"그 이야기를 왜 이제 하는가?"

맹의범이 꾸짖듯 물었다.

아마도 맹의범도 처음 듣는 말인 듯싶었다.

"미처 말씀 드릴 시간이 없었습니다."

송자방이 조심스레 대답했다. 그러자 우서한이 손을 들어 맹의범의 말을 막으며 다시 물었다.

"그가 분명 내 이름을 알고 있었다고?"

"그렇습니다. 정확히 알고 있었습니다."

"그의 나이가 얼마나 되어 보이던가?"

"글쎄요. 그건… 워낙 그쪽 사람들 나이는 가늠하기 어려워서… 그러나 백발에 백염으로 보면 역시 족히 칠, 팔십은 되어 보였습니다."

송자방이 대답했다.

그러자 우서한이 뭔가를 골똘히 생각하다가 말했다.

"자네. 지금부터 그의 생김새를 세밀하게 말해보게. 자네가 본 것이라면 손가락에 있는 작은 점 까지도 말일세."

"그렇게까지 자세히는……."

"그래도 며칠 같이 있었으니 기억할 수 있는 만큼 해보게."

우서한이 재촉했다.

그러자 송자방이 잠시 얼굴을 찡그리며 기억을 되살리는 듯하더니 조심스럽게 입을 열었다.

"그러니까. 그자는……."

우서한은 눈을 감고 묵묵히 송자방의 이야기를 들었다. 마치 누군가 독경하는 소리를 듣는 것처럼 그렇게 우서한은 미동이 없었다.

그러다가 송자방의 이야기가 끝나자 별다른 말없이 신형을 돌려 여전히 호수에 드리워져 있는 낚싯대를 응시했다.

허소월이나 맹의검 누구도 그에게 말을 걸지 않았다. 우서한의 이런 행동은 그가 뭔가 중요한 문제를 고심할 때 나타나는 버릇이기 때문이었다.

"후우……."

우서한이 움직이지도 않는 낚싯대를 한 번 들어보고는 고기가 물지 않았음을 확인한 후 다시 호수가 드리우며 한숨을 쉬었다.

"스승님……."

허소월이 조용히 우서한을 불렀다. 그러자 우서한이 갑자기 탁하고 손뼉을 치며 활기차게 입을 열었다.

"이보게, 좌령주!"

"예, 법황!"

"산을 내려가야겠어."

"예?"

좌령주 맹의검이 놀란 표정으로 되물었다. 그러자 허소월이 재차 물었다.

"스승님, 그자가 문제가 됩니까?"

"아직은 모르지."

"그가 누군지 짐작되십니까?"

"추측이지만……."

우서한이 대답했다.

"누굽니까?"

당대 월문의 법황은 허소월이다. 비록 우서한 역시 전대 법황으로서 같은 지위를 누리고 있지만 실질적으로 월문을 움직이는 사람은 허소월이었으므로, 그는 월문에 일어나는 모든 일을 알 자격이 있었다.

"좌령주."

우서한이 허소월의 질문에 대답하는 대신 맹의검을 불렀다.

"예, 법황."

"자네 혹시 기억하나? 검은 사자들 중에 어울리지 않게 서책을 탐닉하던 자가 있다고 했던 것."

"글쎄요. 그런 말씀을 하셨었나요?"

맹의검이 고개를 갸웃하며 되물었다.

"음, 워낙 오래전에 한 말이고 지나가듯 말한 것이라 기억하지 못할 수도 있지. 그런 자가 있었네. 검은 사자들 중에서도 아주 이질적인 자였지. 그런데 그자의 특별함은 서책을 탐닉하는 것만이 아니었네. 내가 알기로 당시 나이가 사십 전후였는데 벌써 머리가 은발이었지. 나이가 들어 변한 머리색이 아니었던 거네."

"그럼… 그자라고 생각하시는 건가요?"

허소월이 물었다.

"그렇다. 아마… 거의 확실할 것이다. 나를 알고 있다면. 그자가 아마 단우하라는 이름을 썼던 것 같은데."

"그런 자가 왜 다시 이곳에 왔을까요? 검은 사자였다면 지금 칠왕의 땅에서 지배자의 위치에 있을 텐데."

"그래서 그를 만나야겠구나."

"그런 자를 쉽게 찾을 수 있을까요? 일단 그의 위치가 파악되면 그때 가시죠?"

허소월이 우서한이 당장 강호로 나가는 것을 반대했다.

"그가 갈 곳이 짐작이 돼. 그래서 가보려는 거다."

"어디지요?"

"아마… 신곡으로 갔을 가능성이 크다."

"북십자성으로요? 왜……?"

"그가 왜 다시 이 땅에 왔는지는 모르겠다. 죄를 짓고 도주를 한 것일 수도 있고, 혹은… 그가 보낸 것일 수도 있지. 하지만 일단 그가 조어장을 데려 갔다는 것은 조어장이 십자성의 사람임을 알았기 때문일 것이다. 그리고… 십자성주에 대해 들었겠지. 신혈의 피를 가지고 있고, 특별한 검을 지니고 있다는 사실을. 그랬다면 능히 십자성주의 정체를 짐작했을 것이다. 영활한 자이니까. 그러니 그가 어디로 가겠느냐?"

우서한이 되물었다.

"그렇군요. 죄를 지어 도주한 것이라면 전마에 대한 원한이 있을 테니 복수를 하기 위해! 전마의 명으로 온 것이라면 그 역시 형님을 만나야 할 이유가 되지요. 좋지 않군요."

"끙, 먼저 만나게 하면 안 돼."

"벌써 만나지 않았을까요? 조 대협이 형님께 연락을 했다면……."

"후우, 그럼 알게 되겠군."

우서한이 한숨을 내쉬었다.

“걱정이군요. 형님이 어찌 나올지…….”

허소월의 얼굴에도 그늘이 졌다.

“다시 밀교의 문을 열려고 할 수도 있겠지. 혹은… 교벽을 통하려할까?”

“교벽은 너무 위험하지요.”

허소월의 고개를 저었다.

“십자성주라면 충분히 그 위험을 감수할 수 있을 것이다. 더군다나 교벽을 통과하는 일이 꼭 부작용만 있는 것은 아니지 않느냐? 과거 전마는 교벽을 통과하면서 외려 천력의 힘을 얻었다. 전왕의 검이 없이도 칠왕의 반열에 오를 만큼!”

“그렇긴 하지만…….”

“반의 확률이라면 그 아이는 시도할 거다. 더군다나… 아버지를 만나는 일 아니냐?”

우서한이 단정적으로 말했다.

“저도 가죠.”

“어쩌려고?”

“밀교의 문을 여는 것이 아닌 이상 반드시 막을 수는 없지요. 그렇게 된다면… 작별 인사라도 해야죠.”

허소월이 어깨를 으쓱하며 말했다.

“변수가 있기는 하지.”

“무슨 변수요?”

“알지 않느냐? 그 아이의 곁에 누가 있는지.”

“아! 형수님이요?”

"설 부인이 반대를 하면 아마도……."
"그렇군요. 서둘러 떠나요. 형수님을 설득해야겠어요."
허소월이 급히 낚싯대를 걷기 시작했다.

제4장
조건

여행은 긴 이야기와 함께 이어졌다.

노숙을 하거나 혹은 오늘처럼 말을 타고 이동하면서도 이야기는 계속 됐다.

단우하는 마치 그가 온 세상을 모두 적풍의 머리에 넣기라도 하려는 듯 끊임없이 입을 열었다.

어떤 때는 너무 많은 이야기를 들은 것 같기도 했다. 그래서 혼란스러움으로 머리가 어지러울 정도였다.

그중에는 충격적인 이야기들도 많았다. 그중 적풍과 우마를 가장 언짢게 한 이야기는 신혈족의 기원에 대한 것이었다.

"그러니까 결국 튼튼한 노예를 얻기 위해, 아바르라는 땅을 경작하기 위해 스스로 신인을 자처하는 자들이 그 수하들로 하여금 강제로 보통 사람의 피를 지닌 여인을 취하게 했다는 거군요."

"그렇소."

우마의 질문에 단우하도 어두운 표정으로 대답했다.

"그게 가능한 일이었던가요? 노사의 말대로라면 애초에 그들도 이쪽 세계와 인연이 있는 인간이라는 건데……."

"그들은 스스로 그 사실을 부인한다오. 스스로 신인의 피를 지녔다면 자신들의 연원을 논하는 것을 금기시하오. 하지만 그래봐야 결국……."

단우하가 대답했다.

"그들도 우리와 같은 인간이란 말이군요?"

"두 눈으로 보고 두 발로 걸으며, 두 손을 쓰는 자들이면 당연히 인간이 아니겠소? 더군다나 애초부터 그들이 사용하던 말도 이 명계의 말이었소. 그러니 당연히……."

"하지만 그들의 체질은 전혀 다르지 않습니까?"

"물론 어떤 이유에선지 모르지만 그들은 선천적으로 특별한 능력을 지니고 있었소. 칠왕의 혈통들이 조금씩 다른 특징의 힘을 가지고 있긴 하지만 말이오. 그러나 어쨌든 난 그들의 조상이 어떤 특별한 계기가 있어 그런 힘을 얻었다고 생각하는 편이오. 강호에도 그런 사람들이 존재하지 않소? 몇몇 가문은 그런 특별한 체질로 강한 무공을 연성하고 말이오."

단우하가 확신에 찬 표정으로 말했다.

"하지만 그 차이가 그들처럼 크지는 않지요. 더군다나 여인의 태중에 있는 기간이 차이가 난다는 것은…….”

우마가 고개를 저으며 말했다.

“물론 나도 그런 근본적인 차이 때문에 그들을 과연 인간으로 봐야 하나 고민을 한 적이 있었소. 그러나 주군께서 아바르를 차지하고 난 후 과거 그곳을 지배했던 아바르 왕족의 유물을 발견한 후에는 그 의심을 더 이상 하지 않게 되었소.”

“어떤 유물이 나왔습니까?”

“그들의 역사를 기록한 비밀스러운 서책에 칠왕의 선조로 언급되는 일곱 종족의 유래에 대한 짧은 언급이 있었소. 그 서책에 따르면 칠왕의 선조들은 자신들의 추종자들을 이끌고 한 명의 절대적 신인을 따라 최초로 두 땅의 신비로운 문을 통해 현계에 왔다고 적고 있소. 그 말은 곧 그들이 이 땅에서 온 사람들이란 것을 명확하게 증명하는 게 아니겠소?”

단우하가 확신하듯 말했다.

우마도 단우하의 말에 고개를 끄떡였다. 세상에는 가끔 돌연변이들이 출현하고 그 피의 특징이 이어지는 경우가 종종 있었다. 특히 무림에서는…….

”그런데 칠왕의 땅에는 애초에 아무도 살지 않았습니까?”

우마가 물었다.

“그렇지는 않소. 사실 칠왕의 땅은 칠왕의 혈족들이 지배하는 땅을 지칭하는 말이지, 현계 전부를 칭하는 말은 아니오. 칠왕의 땅 경계를 지나면 수많은 이족들이 존재하오. 야수족, 혹은 신비족이라고 부르기도 하는 존재들이 있소. 그들은 칠왕이 그 땅을 정복하기 전에 그 땅에 원주하고 있었소. 칠왕은 그들과 치열한 싸움을 벌여 그 땅을 차지하고, 원주하던 이족을 변경으로 쫓아내게 된 것이오."

칠왕의 땅에 대해, 그의 아버지가 있는 그 신비스러운 땅에 대해 열심히 설명을 하는 단우하를 보며 적풍은 엉뚱하게도 그 이야기가 아니라 단우하라는 노인에 대해 문득 호기심이 생겼다.

그는 들었던 검은 사자들의 모습과는 너무 달랐다.

거칠고 폭풍같은 성정을 지닌 마인들, 이성보다 본능이 앞서는 싸우기 위해 태어난 자들이란 것이 검은 사자들에 대한 세간의 평이었다.

그런데 단우하라는 이 신비스러운 노인은 강호의 그 누구보다도 현명하고 신비로워보였다.

어쩌면 밀교의 문으로 이어진 그 신비로운 땅의 역사에 대해서 이자만큼 자세히 아는 자는 없을 거란 생각도 들었다.

이런 특별한 현자를 가지고 있다는 것은 검은 사자들이 반드시 광포한 무력 집단만은 아니라는 뜻한다.

"그런데 칠왕의 혈족에 속하지 않은 보통 사람들은 어떻게 그 땅에 오게 된 겁니까?"

"밀교의 문이 생기기 이전에 이 땅에서 옮겨 온 사람들과 그 후손들이오. 밀교의 문은 교벽과는 비교할 수 없는 두 세상의 연결고리요. 그 문을 통하면 많은 사람들이 큰 피해 없이 이 땅과 칠왕의 땅을 오갈 수 있다고 하오. 물론 문의 위치는 고대로부터 철저히 비밀이었지만 말이오. 칠왕 이전의 선조들은 자신들에게 필요한 사람들을 수시로 그 문을 통해 데려갔다고 하오. 그러다가 칠왕이 시대가 도래하면서 월문에 의해 그 문이 닫히고, 칠왕의 땅의 지배자들은 그 땅에서 자신들의 노예를 키워내야 하는 지경에 처하게 된 것이오. 그것이… 신혈족의 시작이오."

"사악한 방법이군요. 물론 강제로 여인들을 취했겠죠?"

"음… 그게 참 묘한 면이 있소."

"강제가 아니었단 말입니까?"

"그 땅에서 칠왕의 혈족들과 동침한다는 것은… 당시만 해도 큰 행운이라 여겼기에… 물론 후일 그렇게 태어난 아이들이 결국 칠왕의 혈족이 아닌, 노예로 길들여진다는 것을 안 이후에는 강압적인 일이 됐지만 말이오. 그래도 여전히 최근까지 누군가에겐 신분 상승의 기회로 여겨지고 있었소. 적어도… 주군께서 우리 신혈족을 위해 검을 드시기 전에는 말이오."

단우하가 말을 하며 슬쩍 적풍을 바라봤다.

마치 자신의 주군 전마 적황이 한 일이 결코 의미가 없는 일이 아니라는 것을 알아주길 바라는 것처럼.

그러나 적풍은 그런 단우하의 기대와 달리 무심한 표정으로 묵묵히 말을 몰 뿐이었다.

그즈음 시원한 물 냄새가 공기를 통해 느껴지기 시작했다.

그리고 조금 더 이동하자 드디어 사람들의 눈에 황하의 거친 물결이 보이기 시작했다.

설루는 배에서 내려 느리게 강변을 걸었다.

얼마 전 며칠간 천지에 뿌려진 폭우 때문인지 수목의 생기가 다른 때보다도 더 짙게 느껴졌다.

흘러내리듯 드리워진 버드나무 사이로 멀리 한 무리의 일행이 보인다. 설루가 그 일행을 향해 걸음을 옮기자 그의 뒤를 따라 산처럼 거대한 체구를 지닌 중년의 여인이 호위하듯 따랐다.

"정말 무슨 일이 있는 걸까요?"

설루의 뒤를 따르던 거대한 체구의 여인, 세상에는 설루의 의자매로 알려졌고, 그녀 스스로는 설루의 충실한 수하를 자처하는 몽금이 조심스레 물었다.

거대한 체구에서 흘러나오는 목소리는 그 어떤 여인보다도 아름다워서 어딘지 어색한 느낌이 들기도 하는 몽금이다.

"아무래도 언니 생각도 그렇죠?"

설루가 대답했다.

"최근 몇 년간 성주님의 일정을 변경시킬 만큼 급박한 일이 벌어지지 않았는데 무슨 일일까요?"

"손님이 온다고 했어요."

설루가 대답했다.

"손님이요?"

몽금이 의아한 표정으로 되물었다.

"네……."

대답을 하는 설루의 표정이 어두워졌다.

그녀의 뒤에 서 있는 몽금으로서는 설루의 표정을 볼 수 없었지만 그녀의 목소리에서 이미 설루가 뭔가를 걱정하고 있다는 것을 느낄 수 있었다.

"어디서 온 손님인데 성주께서……."

"후우… 그분이 살아계셨나 봐요."

설루가 긴 한숨과 함께 대답했다.

"그분이라뇨?"

"전마라 불리시는……."

"헛!"

몽금이 너무 놀라 사래가 들린 듯 컥컥거렸다. 자신의 손으로 가슴을 때려 사래를 진정시킨 몽금이 다시 물었다.

"전마… 적황님이요?"

"네."

"아… 어떻게 그런 일이. 아니 그럼 손님이란 분이 그분이시라는 말이에요?"

몽금이 서둘러 걸음을 옮겨 설루 옆으로 다가서며 물었다.

"아뇨. 그분은 아니고 그분이 보낸 사자라는데… 자세한 것은 만나 봐야 알 것 같아요. 지난밤에 온 전서의 내용은 그 정도였어요."

"아, 그래서 이렇게 직접 강을 건너 마중하시려는 거군요."

설루가 외유를 하고 돌아오는 적풍을 마중하는 일은 언제나 있는 일이다. 그러나 이렇게 황하를 건너 마중을 하는 것은 특별한 경우였다.

그 이유가 내내 궁금하던 몽금으로서는 이제야 그 궁금증이 풀린 것이다.

"그분이 보낸 사자라면… 마중하지 않을 수 없지요."

"성주께서 들으시면 섭섭하시겠어요."

"그럴까요?"

"그럼요. 성주께선 당신을 마중 나오신 거라고 생각하실 걸요?"

"뭐, 그래도 어쩔 수 없고요."

"호호, 세상에서 성주님을 이렇게 대할 수 있는 분은 주모님이 유일하실 거예요."

몽금이 심각한 표정을 걷어내고 웃음을 터뜨렸다.

"언니, 그 주모님이란 소리 계속 할 거예요?"

"다 주모님을 위해서예요."

"다른 사람의 존경을 받게 하려고 한다는 소리는 그만해요. 난 그런 거 필요 없어요. 내가 바라는 것은 우리 십자성의 사람들이 형제자매들처럼 잘 지내는 거예요."

"아무튼 저에게도 제 방식이 있으니까요."

"하여간 고집은……."

설루가 몽금을 흘겨보는 사이 이제 버드나무 사이로 보이던 일행이 어느새 눈앞에 다가와 있었다.

"형수님!"

앞에서 일행을 이끌던 우마가 설루를 발견하고는 훌쩍 말에서 뛰어 내려 설루에게 인사를 한다.

"수고하셨어요."

"수고는요. 세상 돌아다니는 일은 항상 즐겁죠."

우마가 웃으며 대답했다.

그사이 적풍 역시 설루 앞에 도착했다.

"여기까지 웬일이야?"

"낭군님 오신다기에 나와 봤어요."

설루가 가벼운 웃음과 함께 대답했다.

본래 두 사람은 나이도 같고 어린 시절부터 인연을 맺은 터라 편하게 말을 놓고 지내지만, 이렇게 사람들의 이목이 있는 곳에서는 항상 말투를 높이는 설루였다.

이유는 바로 그녀 자신이 몽금을 질책했던 바로 그 이유 때문이었다.

"고마운 일이군."

적풍이 설루의 농을 가벼운 웃음을 받아넘겼다.

그러자 설루가 가만히 시선을 돌려 무리 중에 섞여 있는 은발의 백의 노인을 보며 물었다.

"그분이에요?"

"음……."

"인사를 할까요?"

"나중에."

"그래도……."

"아직은 아버지의 손님이 아니야. 전마 적황의 손님이지."

"속마음도 그래요?"

설루가 다시 시선을 돌려 적풍을 보며 물었다. 그러자 적풍이 마치 잘못한 일을 들킨 아이처럼 흠칫 놀란다.

그런 적풍을 보며 설루가 웃음을 지어보였다.

"뭘 그렇게 놀라요? 알았어요! 일단 당신의 말대로 하지요. 몽금 언니!"

"예, 주모님!"

"먼 길 오느라 수고들 하셨을 테니 이곳에서 요기를 하고 강을 건널 수 있게 준비해요."

"알았습니다, 주모님!"

몽금이 꾀꼬리 같은 목소리로 대답을 하고는 거대한 체구에 어울리지 않게 빠른 속도로 배가 정박해 있는 곳으로 달려갔다.

단우하는 모든 일의 중심에 누가 있는지를 금세 깨달았다. 그리고 불안해졌다.

초록이 무성한 강변에서 삼삼오오 짝을 지어 점심 요기를 하는 십자성의 고수들은 평화로웠다.

간간히 웃음이 흘러나오고 어디서도 우울하거나 어두운 기색을 찾아볼 수 없었다.

"꿈인가 현실인가?"

단우하가 소면 그릇을 옆으로 밀며 중얼거렸다.

그의 눈에 보이는 삶은 그가 생각했던 이 땅의 신혈족 삶이 아니었다. 교벽을 통과하면서 그는 이 땅의 신혈족들이 불안과 공포의 삶을 살고 있을 거라고 생각했었다.

십자성의 등장에 대한 이야기는 칠왕의 땅으로 돌아온 모악에게 들었지만, 그 십자성의 힘이 그리 길게 가지 않았을 거라는 것이 그의 판단이었다.

설혹 십자성이 강호무림에서 자립에 성공했다 해도 그 자립은 어둠 속에서 은밀하고 축축한 공기를 마시며 살아가는 자립일거라 생각했던 단우하였다.

그러나 지금 그의 눈에 보이는 십자성 무인들의 삶은 결코 어둡지 않았다.

이들은 마치 보통의 사람들처럼 웃고 떠들고 마셨다. 평화로움이 햇살처럼 내려앉아 그들을 축복하는 것 같았다.

그래서 단우하는 불안했다.

과연 적풍이 이 평화롭고 아름답기까지 한 삶을 포기하고 자신을 따라 칠왕의 땅으로 적황을 만나러 갈지 자신할 수 없었다.

그런 고민 속에 자연스레 그의 눈에 들어온 사람이 설루였다. 십자성주 적풍의 부인, 저 아름다운 여인이 모든 것을 결정할 사람이란 것을 인정하지 않을 수 없었다.

파괴의 본능을 가지고 있는 신혈족들을 부드럽게 휘어잡는 힘은 신비의 땅에서 온 단우하에게도 신비롭게 느껴질 정도였다.

그러니 십자성주 적풍의 행보는 결국 그녀가 결정할 것이다.

"왜 안 드세요? 입맛에 맞지 않나요?"

단우하가 퍼뜩 상념에서 벗어났다.

어느새 그의 앞으로 다가온 설루가 소면 그릇을 한쪽으로 밀어놓고 생각에 잠긴 그를 보고 있었던 것이다.

"아, 아닙니다. 잠시 다른 생각을 좀 하느라……."

단우하가 급히 말꼬리를 흐렸다. 그러면서 한쪽으로 밀어놓았던 소면 그릇을 자신 앞으로 끌어왔다.

설루가 그런 단우하의 모습을 잠시 바라보다 오직 단우하 한 사람만을 위해 준비한 탁자 맞은편에 앉으며 말했다.

"잠시 시간을 내어주시겠어요?"

"물론입니다."

단우하가 얼른 대답했다.

사실 그녀와 시간을 갖고 싶은 것은 오히려 단우하였다. 그녀를 설득하면 적풍도 설득될 것이기 때문이었다.

"그분은 어떠신가요?"

자리를 잡고 앉은 설루가 차분하게 물었다.

"노쇠해 보이시지만 아직은 강건하십니다. 하지만……."

"그 이야기는 들었어요. 오 년 정도라고 하셨나요?"

전마 적황의 남은 수명에 대한 말이었다.

"더 짧아지실 수도 있지요. 무리를 하신다면……."

"무리할 일이 있나요?"

"소공자께서 가지 않으시면 아마 그리 하실 겁니다."

단우하가 대답했다.

그러자 설루의 표정도 변했다.

"이제 보니 저 사람에게 무척 위험한 일을 맡길 생각이었군요. 그분께서도 수명을 단축하면서 하셔야 하는 일이라면."

설루의 말투에서 냉기가 느껴진다.

단우하는 자신이 실수했음을 깨달았다. 적풍을 위험에 빠뜨릴 일을 그녀가 선택할 리 없다.

"꼭 그런 것은 아닙니다. 다만… 주군께서 그만큼 시간이 없다는 뜻입니다. 소공자께서는 충분한 힘을 가지고 계십니다. 더군다나 소공자께는 전왕의 검이 있지요. 그 검을 가지고 가시면 모든 일이 어렵지 않게 풀릴 겁니다."

"제 눈을 보세요. 제 눈을 보고도 그렇게 약속하실 수 있나요?"

설루가 단호하게 말했다.

그러나 단우하는 설루와 시선을 마주치지 못했다.

"위험한 일이지요? 솔직하셔야 해요."

설루가 물었다.

그러자 단우하가 한숨을 쉬며 대답했다.

"맞습니다, 사실… 그리 녹록한 일은 아닙니다."

"그렇군요. 얼마나 위험하죠?"

"이건 확실히 말씀드릴 수 있습니다. 짧은 시간이지만 제가 본 소공자님의 모습, 의천노공 우서한을 꺾은 무공, 그리고 전왕의 검이라면 적어도 칠 할의……."

"됐어요. 한 오 할 정도로 생각하면 되겠군요."

"부인!"

"오 할이라면… 제가 개입할 일이 아니군요. 선택은 그이가 할 거예요."

설루가 망설이지 않고 자리에서 일어났다. 그러고는 다가올 때처럼 빠르게 단우하로부터 멀어졌다.

"이게 좋은 일인가? 나쁜 일인가? 개입하지 않겠다니… 이것 참. 그나저나 참 묘하군. 소공자의 모친과 너무 닮지 않았는가?"

단우하가 먼 기억 속에서 적풍의 어머니 유하를 생각해 내며 중얼거렸다.

배가 떠나고 나서야 적풍과 설루는 둘 만의 시간을 가질 수 있었다. 두 사람은 어깨를 나란히 하고 선수와 선미를 오가며 나직하게 이야기를 나누고 있었다.

그러다가 간혹 걸음을 멈추고 안개처럼 탁한 물길을 말없이 응시하기도 했다.

"낭군님, 어쩔 생각이지?"

사람들이 없을 때는 다시 어릴 때의 그 시절로 돌아간 듯 행동하는 설루다.

"어쩌면 좋겠어?"

"난 반반."

설루가 망설이지 않고 대답했다.

"실망이네."

"뭐가?"
"당신이 결정해 줄 거라 기대했거든. 나도 반반이라서……."
"이건 내가 결정해 줄 수 있는 일이 아니더라고. 생각해보니 당신과… 그분과의 문제니까."
"그런가?"
"대신 한 가지 조건은 분명히 말해둬야겠어."
"뭔데?"
"어떤 결정을 내리든 나도 함께한다는 것."
"그건……."
"이거 봐라? 설마 날 떼어 놓고 갈 생각이었어?"
"안전을 확신할 수 없는 길이라서."
"어라? 그럼 당신 이미 가기로 결정한 거구나?"
설루가 따지듯 물었다.
"음… 사실 무척 궁금해서."
"그러게 말이야. 사실 나도 그래. 위험한 것은 알겠는데 그 땅이 너무 궁금해. 대체 어떤 곳일까?"
"단 노사의 말대로라면 무척 거친 땅이라고 하더군. 사람이 살아갈 만한 땅도 그리 넓지 않고. 불모지와 야만족이 차지한 땅, 누구도 여행해 보지 못한 곳이 바다처럼 넓다더군."
"그중 가장 좋은 땅을 그분이 차지했다는 것이고?"
"음……."
"그분 사후 그 땅을 두고 싸움이 일어날 것이고, 그분은 그것을 미연에 막고자 하시는 것이겠구나. 그래서 당신이 필요한 것이고."

단우하가 말해주지 않아도 이 정도 추론을 두 사람에게 어려운 일이 아니었다.

"후후 우습지? 대신 싸워줄 사람이 필요해서 날 찾는다니……."

"쉬운 결정은 아니셨을 거야. 내 생각에 그분은 영원히 당신에게 죽은 존재로 남아 있기를 원하셨던 것 같아. 당신이 칠왕의 땅과는 무관한 존재로 살길 원했던 것이지. 그러면서도 당신을 걱정하셨어. 사자검을 남기고 가셨잖아. 단 노사의 말대로라면 사자검은 그분의 분신과도 같은 것인데……."

적풍과 설루에겐 전왕의 검보다 사자검이라는 이름이 더 익숙했다. 적풍 스스로 붙인 이름이라 정감이 가는 면도 있었다.

"이놈이 그렇게 대단한 걸까? 그 양반이 나와 어머니에게 한 모든 행동들이 용서될 만큼, 그리고 자신이 필요한 순간 날 불러들일 수 있을 만큼……."

"그 검이 대단한 게 하니라 그걸 포기한 그분의 마음이 중요한 것 아니겠어? 한 세상을 지배하는 일곱 개의 검 중 하나라잖아. 그러니 원망은 그만해."

설루가 조금 엄한 투로 말했다.

"그래서 나보고 가라고?"

"날 데려간다면."

"이곳에 있으라고 하면 안 보내줄 거야?"

"난 당신 어머니처럼 홀로 남겨지기는 싫어."

설루가 단호하게 말했다.

그러자 적풍이 잠시 생각에 잠겼다가 고개를 끄덕였다.

"알았어, 가기로 하면 같이 간다."

"좋아, 그럼 난 고민 끝. 이젠 당신 문제야."

"매정하군."

"호호, 이제 알았어?"

설루가 짐짓 맑은 웃음을 터뜨렸다. 그러자 적풍이 잠시 미소를 짓고 있다가 조금 심각한 표정으로 말했다.

"칠왕의 땅으로 간다고 결정하면 십자성을 어쩌지?"

"우 대협과 적란 동생이라면 이제 당신이 없어도 되지 않을까?"

"그렇군, 그 두 사람이라면 충분하지. 그런데 당신은 내가 떠날 것을 예상했었군? 두 사람에게 맡길 일을 생각하고 있었다니."

"당신을 아니까."

설루가 대답했다.

"그래, 세상에서 당신이 날 제일 잘 알지."

적풍이 고개를 끄떡였다.

"문제는 어떤 길을 택하냐는 거야. 밀교의 문을 다시 열지……."

"그건 안 돼."

적풍이 단호하게 고개를 저었다.

"역시 안 되겠지?"

"소월과 싸울 수는 없어. 그곳에 가지 못한다고 해도."

"그럼 이제 남은 것은 다음번 교벽이 열리기를 기다리는 것이네?"

"음, 그게 걱정이야. 그래서 당신을 데려가는 일을 망설이는 것이고. 알다시피 교벽을 통과하는 일은 무척 위험하니까."

"당신이 있잖아? 날 보호해 줘! 교벽의 기운으로부터."

설루가 당연하다는 듯이 요구했다.

"그렇게 하긴 하겠지만……."

"그럼 됐어. 세상에 완벽한 건 없어. 이곳에 남는다고 해도 위험한 일이 생길 수 있고."

"그렇긴 하지."

언제나 적풍은 설루의 말에 수긍한다.

이 거대한 야망의 사내가 오직 설루 한 명에게는 완벽한 약자인 것이다.

황하를 건넌 배에서 사람들이 내릴 때쯤 날은 이미 어둑해지고 있었다. 하지만 일행은 노숙을 하는 대신 밤길을 걸어 신곡으로 가는 여정을 택했다.

하선한 곳에서 신곡까지는 하루 반나절 길이기에 노숙을 하면 이틀 길, 쉬지 않고 밤새 가면 내일 오후에는 당도할 수 있었다.

일행은 우마의 지휘 하에 말과 마차에 나눠 타고 강변을 떠났다.

그렇게 일행이 북십자성의 본거지가 있는 신곡으로 향해 떠난 지 두 시진 정도가 지났을 때, 십자성의 고수 한 명이 적풍 앞에 나타났다.

신곡에 남아 적풍을 대신해 북십자성의 대소사를 총괄하고 있는 사람은 노련한 재사 쿠샨이었다.

한때 원황실의 비밀스러운 호위무사였던 그는 무공보다는 뛰어난 직관력과 권력의 속성에 대한 세심한 이해를 갖추고 있어 북십자성이 세상에 모습을 드러내지 않고도 강호의 절대자로 군림하게 하는 데 큰 기여를 하고 있었다.

그런 그의 곁에는 항상 그를 스승처럼 따르는 율사가 있었다.

율사는 십자성의 절정고수 중 한 명으로 인정되는 준갈을 따라 한때 초원의 마적으로 활동했으나, 북십자성에 든 이후에는 쿠샨을 스승으로 여기고 세상을 경영하는 일을 배우는 것에 몰두하고 있었다.

그런데 바로 그 율사가 적풍을 마중 나왔다.

율사를 보는 순간 적풍은 그가 가지고 온 이유가 범상치 않은 것임을 직감했다.

율사는 쿠샨의 곁을 떠나는 일은 좀체 없었다. 그런 그가 왔다는 것은 곧 쿠샨 본인이 온 것과 같은 의미였다.

"성주!"

"무슨 일인가?"

적풍이 인사를 하는 율사에게 급히 물었다.

"신곡에 손님이 와계십니다."

"손님? 중요한 사람인가 보군. 그대가 직접 온 것을 보면."

"그렇습니다. 미리 알려드려야 할 것 같아서 이렇게 나왔습니다."

"누군가?"

"월하선봉의 두 법황께서 오셨습니다."

"음……!"

율사의 대답에 적풍이 나직한 신음성을 흘렸다. 월하선봉의 두 법황이라면 의천노공 우서한과 당대 월문의 법황 허소월이다.

우서한이야 지금도 데면데면한 사이지만 허소월이라면 무척 반가운 손님이다.

그러나 오늘은 다르다. 칠왕의 땅에서 단우하가 와 있지 않은가.

"알고 온 것일까?"

적풍이 고개를 돌려 우마를 보며 물었다.

"아마 그럴 겁니다. 도주한 장소에 월문 좌령의 고수가 있었으니까요."

"음… 그럼 그의 정체를 짐작하고 있다는 뜻이겠군. 즉시 신곡으로 온 것을 보면."

적풍이 십자성의 고수들에 둘러싸여 있는 단우하를 보며 말했다.

"그렇겠지요. 생김새가 특이하니……."

우마의 말을 듣다가 적풍이 손을 들어 그의 말을 막은 후 목소리를 높여 단우하에게 물었다.

"당신은 언제부터 백발이었소?"

적풍이 갑작스러운 물음에 단우하가 어리둥절한 표정을 지으며 대답했다.

"본래 은발입니다만……."

"그렇군. 그럼 알고 왔겠군."

적풍이 우마에게 투덜거리듯 말했다. 그러자 단우하가 앞으로 나오며 적풍에게 물었다.

"무슨 일이 있습니까?"

"음, 의천노공이 온 모양이오."

신곡으로 여행을 하며 마음이 누그러졌는지 적풍도 이제 단우하를 함부로 대하지 않았다. 어투도 변해서 먼 곳에서 온 손님 대접을 그런대로 하고 있었다.

"그가요?"

"그대인 줄 알고 있는 모양이오."

"그럴 수 있지요. 검은 사자들 중에서도 전 조금 이상한 존재였으니까요."

"어쩌겠소? 만나겠소? 꺼려진다면 잠시 다른 곳에서 기다려도 좋소."

"흠, 그럴 이유는 없지요. 만나는 게 불편한 사람은 내가 아니라 그겠지요. 배신자는 그 자신이니까. 아마 내 얼굴을 똑바로 보지 못할 겁니다. 물론 소공자께서 그로부터 절 지켜주셔야 하지만 말입니다."

"그건 걱정 마시오. 단지 그가 우리의 일에 방해가 될 수 있소."

적풍이 경고했다. 그러자 단우하의 눈빛이 반짝였다.

"그럼 칠왕의 땅으로 가시기로 결정하신 겁니까?"

"아직은 아니오."

적풍이 고개를 저었지만 단우하의 눈에 나타난 생기는 사라지지 않았다. 노련한 그는 이미 적풍이 자신과 함께 칠왕의 땅으로 가기로 결심했다는 것을 깨달은 것이다.

"밀교의 문을 여는 것만 아니면 그가 반대할 일은 아니지요."

"하여간 그를 피하기 않겠다는 것이오?"

적풍이 단우하에게 확인하듯 물었다.

"그렇습니다. 애초에 조 대협을 데리고 떠난 것은 그를 만나는 것이 두려워서는 아닙니다. 단지 그를 만나기 전에 소공자님을 먼저 만나야 했기 때문이지요. 그를 먼저 만났다면 그는 어떻게든 제가 소공자님을 만나는 것을 방해했을 테니까요."

"알겠소, 그럼 같이 갑시다."

적풍이 시선을 돌리며 우마에게 고개를 끄떡였다. 그러자 우마가 십자성의 고수들에게 명을 내렸다.

"출발한다!"

*　　　*　　　*

신곡에서는 의천노공 우서한이라 할지라도 손님의 한 사람일 뿐이다. 그의 일거수일투족은 십자성의 고수들에 의해 철저히 감시당했고, 간혹 그에 대해 적의를 보이는 사람들도 있었다.

그러나 허소월은 다르다.

허소월은 신곡이 마치 자신의 집이나 되는 것처럼 이리 저리 돌아다녔다.

십자성의 고수들도 허소월에 대해서는 특별한 경계를 하지 않았다. 그가 우마와 더불어 십자성주 적풍의 의형제란 것을 모두 알고 있기 때문이었다.

"어딜 그렇게 쏘다니느냐?"

새벽부터 숙소를 벗어나 한참 보이지 않던 허소월이 문을 열고 들어서자 우서한이 타박하듯 물었다.

"동쪽 풍경이 좋아요. 대숲이 있어서 특히 아침 공기가 좋지요."

"망할 놈! 그 좋은 곳엘 혼자 가느냐?"

"본래 아침 산책은 혼자 즐기는 거라고 스승님께서 말씀하셨지요. 아주 오래전에……."

"하지만 이곳은 월하선봉이 아니지 않느냐?"

"스승님도 좀 다니세요."

"몰라서 묻느냐?"

"다른 사람 시선을 그렇게 신경 쓰시는 줄 몰랐어요."

"그들의 눈을 신경 쓰는 게 아니라 호젓이 산책하기에는 불편하단 뜻이다."

"그래도 이젠 나가서야 할 것 같아요."

"무슨 일이 있느냐?"

"형님이 곧 도착하실 것 같아요."

"벌써? 오늘 오후에나 올 거라 하지 않았느냐?"

"서둔 모양이에요. 아마도 우리가 와 있다는 소식을 들으셨겠지요."

"음……."

우서한이 나직한 음성을 흘리며 고개를 끄떡였다.

"마중하실 거죠?"

"내가 꼭 그래야 하나?"

"다시 말씀드리지만 여긴 신곡이에요."

허소월이 미소를 지으며 말했다.

"허허, 그 아이가 내 마중을 받을 만큼 큰 인물이 되었다는 거구나."

"또 그도 봐야죠."

"그렇긴 하지. 날 보면 아마… 죽이려 할지도 모르겠구나."

"진실을 알고 있지 않을까요?"

"글세, 전마 자신조차도 알고 있는지 확신할 수 없어서……."

"아마 알고 계실 거예요. 그분만큼 뛰어난 무공을 지닌 분은 드무니까요. 사부님의 파마시가 일부러 심장을 비껴나갔다는 것을 모를 분은 아니지요."

"그러길 바란다. 아니면 귀찮은 소동이 벌어질 테니까. 아무튼… 가자!"

우서한이 마땅치 않은 표정을 지으면서도 자리에서 일어났다.

허소월이 얼른 그의 앞으로 나서며 문을 열었다. 신곡의 신비롭고 시원한 공기가 실내로 밀려들었다.

제5장
청뢰(青雷)를 찾아

날카로운 기세가 일어나자 십자성 고수들이 자연스레 단우하의 앞을 가로막았다. 우마가 재빨리 그의 곁으로 다가가 입을 열었다.

"이곳은 신곡입니다. 성주께선 신곡에서의 충돌을 용납지 않으십니다."

"걱정 마시오. 싸우는 일은 없을 테니."

단우하가 여전히 날카롭게 우서한을 쏘아보며 대답했다. 그러자 우마가 그의 앞에서 비켜섰다. 그리고 우서한과 단우하의 사이를 막은 수하들에게 말했다.

"괜찮다."

우마의 말에 십자성의 고수들이 뒤로 물러났다.

그러자 우서한이 먼저 입을 열었다.
"단우하, 정말 그대였구려."
"날 기억하시오?"
"물론, 그대는 검은 사자들 중에서도 특별했으니까."
우서한이 고개를 끄덕였다.
"날 만나러 올 염치가 있으셨소?"
"못 올 이유도 없다고 생각하오만."
우서한이 당당하게 대답했다.
그러자 단우하가 말에서 뛰어내릴 듯 움찔하다가 이내 침착함을 되찾고 중얼거렸다.
"하긴 그 정도 뻔뻔함은 있어야 그런 일을 할 수 있지."
단우하의 비아냥에 우서한도 노한 듯한 기색이 보였으나 더 이상 단우하를 상대하지 않고 적풍에게로 시선을 돌렸다.
적풍은 말 위에 앉아 삐딱한 시선으로 우서한을 바라보고 있었다. 그에게 화가 난 것 같지도 않고, 그렇다고 반기는 것 같지도 않았다.
"성주, 오랜만에 보는구려."
어둠 속의 절대자, 십자성주 적풍이다. 아무리 의천노공 우서한이 그를 어릴 때부터 알아왔다 하더라도 이제는 예전처럼 말을 편하게 할 수 있는 신분이 아니었다. 더군다나 이곳은 신곡이 아닌가.
"여전하시구려."
적풍이 대답했다.

"음… 그에 대한 이야기를 들었겠구려."

"들었소."

"내게 화가 나지 않소?"

"괜찮소."

적풍의 무심한 대답에 오히려 우서한이 당황한 빛을 보였다. 그는 분명 전마 적황이 살아 있음을 알리지 않는 자신에게 적풍이 분노하고 있을 것이라고 생각했었다.

그런데 적풍은 자신이 전마의 생존을 알리지 않은 것에 대해서 별반 화가 난 것 같지가 않았다.

그런 적풍의 반응이 오히려 우서한을 불안하게 만들었다.

"그 일을 말하지 않은 것은 여러 가지 사정이……."

우서한이 변명을 하려는데 갑자기 적풍이 손을 들어 우서한의 말을 막았다. 그러면서 여전히 무심한 어조로 말했다.

"의천노공답지 않으시구려, 변명이라니. 월문의 행사에 어디 변명할 이유가 있겠소? 더군다나 이미 지난 일, 잘잘못을 따지기엔 좀 피곤하구려."

"성주가 그리 생각해준다면 다행이고……."

우서한이 떨떠름한 표정으로 고개를 끄떡였다. 그러자 적풍이 우마를 보며 말했다.

"쉬지 않고 왔으니 오늘은 모두 쉬도록 해. 나도 반나절을 찾지 말고. 우리 일도 반나절 뒤에 이야기 하도록 합시다."

적풍이 단우하를 보며 말했다. 그러자 단우하가 가볍게 고개를 숙이며 대답했다.

"알겠습니다, 소공자!"
"그리고… 아우들은 나 좀 보지?"
적풍이 우마와 허소월을 보며 말했다.
두 사람이 대답 없이 고개를 끄떡였다. 그러자 적풍이 더 이상 입을 열지 않고 그대로 말을 몰아 우서한을 지나쳐 신곡 안으로 들어갔다.
"모두 처소로 돌아가 휴식을 취하라."
적풍을 따르며 우마가 명을 내리자 십자성의 고수들이 사방으로 흩어졌다.
"스승님, 일단 들어가 계세요."
십자성의 고수들이 흩어진 장내에 우두커니 서 있는 우서한을 보며 허소월이 걱정스레 말했다.
허소월은 이렇게 작아진 우서한을 본 적이 없었다. 천하의 고수들이 월문과 우서한을 강호공적으로 취급할 때조차 우서한은 거인이었다.
그런데 오늘 적풍의 시선과 몇 마디 말에 우서한은 갑자기 늙어버린 것처럼 초라해진 것이다.
"거 참… 칼보다 독하네."
우서한이 씁쓸한 어조로 말했다.
"기분 상하셨어요?"
"멸시의 눈빛이었어."
"설마요."
"아니, 정말 그렇게 느껴지는구나. 밀교의 문을 두고 싸울 때조차도 그런 눈빛은 아니었는데… 허허! 신선이란 과분한 칭찬을 듣다가 보통 사람보다 못한 존재로 취급당하니 적응이 쉽지 않군. 자업자득이긴 하지만……."

"월문의 업을 위한 일이었지요."

"그놈의 업이 뭐라고… 그 이후라도 솔직히 말해줄 걸 그랬나?"

"그 점은 저 역시 뭐라 말하기 어렵네요."

"후우, 알겠다. 일단 가 봐라. 너에 대한 원망도 있을 것이다. 하지만 그렇다고 해도 다시 밀교의 문을 열 수는 없다."

우서한이 단호하게 말했다.

"물론 그렇지요."

허소월이 고개를 끄떡이고는 신형을 돌려 적풍의 처소로 향했다.

허소월이 적풍의 처소에 들어섰을 때 그곳에는 우마와 설루가 적풍과 함께 이야기를 나누고 있었다.

"형님, 죄송합니다."

허소월은 적풍을 보자마자 사과부터 했다. 그 역시 전마 적황이 생존을 알고 있었기 때문이었다.

"일단 앉아."

적풍이 아무렇지도 않은 표정으로 말했다. 허소월이 적풍이 권하는 대로 자리를 잡고 앉자 다시 적풍이 물었다.

"내가 몰랐어야 할 이유가 뭐지?"

"사부께선… 아니 저도, 형님이 밀교의 문에 더 이상 관심을 두지 않기를 바랐지요. 또, 그 땅과의 인연도 이어지지 않기를 바랐습니다. 그 땅은… 단우하란 사람이 어떤 말을 했는지 몰라도 결코 녹록한 땅이 아니니까요."

"날 걱정했다는 거냐?"

"그런 면도 있었지요."

"그렇게 위험한 곳인가?"

이번에는 우마가 물었다.

그러자 허소월이 고개를 끄덕이며 입을 열었다.

"그 땅을 우리는 칠왕의 땅이라 부리지만 사실 그렇게 부르면 안 되는 곳이지요."

"어째서?"

"칠왕이 차지하고 있는 땅은 그 세상에서 극히 일부에 지나지 않으니까요. 칠왕의 영역을 넘으면 알려지지 않은 수많이 이족과 이물들이 존재하는 세계입니다. 그래서 그쪽에선 우리가 사는 곳을 명계, 자신들이 있는 곳을 현계, 즉 어둠의 세계라 부르지요. 인간이라 말할 수 있는 자들은 그 땅에선 소수의 존재입니다. 밀교의 문이 중요한 것은 바로 그 때문이지요. 그곳의 사람들만 막는 게 아니라 다른 존재들을 막아야 하니까요."

허소월이 대답했다.

"음… 단 노사도 모든 것을 말한 것은 아니군요."

우마가 적풍을 보며 말했다.

"그라고 온전히 믿을 수는 없지."

적풍이 대답했다.

"사람은 누구나 자신에게 유리한 것만 말하지요."

설루는 이 논쟁을 그다지 심각하게 받아들이지 않는 것 같았다. 그녀는 태연했고, 여유로웠다.

"형수님은 걱정이 안 되세요?"

우마가 의아한 표정으로 물었다.

"어차피 이 사람은 갈 거예요. 그렇죠?"

"음."

적풍이 무겁게 대답했다.

"그럼 지금까지의 일은 아무 의미가 없는 거죠. 그리고… 그 땅에 대한 것도 직접 경험해보지 않고는 알 수 없는 문제고요."

"하긴 그렇지요. 모든 일은 결국 직접 겪어 봐야지요."

우마가 동의했다.

"정말 가실 거예요?"

허소월이 적풍에게 물었다.

"한번 가 보련다."

"밀교의 문(門)은 안 돼요."

"조건이 있다."

적풍이 말했다.

"홍정을 하자는 거예요?"

"그래."

적풍이 고개를 끄덕였다.

"참나, 나하고 무슨 홍정을 해요? 말해보세요, 뭘 해드릴까요?"

"십자성을 지켜줘."

"예?"

허소월이 예상치 못한 말에 놀라며 되물었다.

"십자성을 지금처럼 강호에서 안전하게 지켜줘. 그렇게 해준다면 나도 밀교의 문을 열 생각을 하지 않으마."

"너무 걱정이 많으신데요. 이미 십자성은 단단하게 뿌리를 내렸어요. 형님이 자리를 비우셔도 남은 사람들이 능히 성을 지킬 수 있을 겁니다."

"그렇겠지, 그러나 지금까지완 다르겠지. 도전이 있을 수 있고, 그럼 십자성은 싸울 거다. 너도 알다시피 우린 싸움을 피하지 않아. 내가 없는 십자성은 자칫하면 피를 흘리며 스스로를 지키게 될 것이란 뜻이다."

적풍의 말에 허소월의 표정도 변했다.

생각해보면 지금까지 십자성이 어둠 속에서 무림의 절대자로 군림해 온 것은 오로지 적풍의 존재 때문이라고 할 수 있었다.

월하선봉 전마별호에서 의천노공 우서한을 꺾고 무림의 일대 혈사를 종결시킨 그의 절대적 존재감은 그동안 강호의 제 세력이 감히 십자성을 도발할 생각을 할 수 없게 만들었었다.

하지만 그가 없는 십자성은 과거 북두회 칠가가 이골마족을 사냥했듯 다시 강호 세력의 표적이 될 수도 있었다.

"후우… 월문은 그날 이후 강호의 일에 절대 관여치 않기로 했는데… 알았어요. 뭐, 무림의 움직임이 이상하면 제가 개입할

게요. 월문이 돕는다면 십자성은 안전할 거예요. 그리고 형님의 부재 자체가 강호에 비밀일 테고요."

"좋아. 그럼 나도 내 방식대로 그곳에 가겠다."

"역시 교벽이겠지요?'

"음……."

적풍이 무언으로 긍정했다.

그러자 허소월이 갑자기 자리에서 일어나 창가로 다가갔다. 그러고는 손을 창틀에 올려놓고 고개를 내밀어 신곡의 풍경을 바라보다가 중얼거렸다.

"솔직하게 말할까요?"

"응?"

적풍이 되묻자 허소월이 신형을 돌려 우울한 표정으로 말했다.

"사실은 부러워요. 갈 수 있다면 저도 갔으면 좋겠어요. 이 월문 법황의 삶은… 정말 답답하네요."

다른 때 같으면 누구라도 농담 몇 마디쯤 던졌겠지만 지금은 아마도 허소월의 말에 대꾸하지 않았다.

허소월의 표정에서 어린 시절부터 월문의 업을 위해 살아온 사람의 고단함이 느껴졌기 때문이었다.

"아무튼… 잘 부탁한다."

우울해 하는 허소월을 보며 적풍이 한 말은 겨우 그것뿐이었다.

"다음번 교벽의 시(時)와 장소를 찾는 일을 도와달라고는 하지 않더냐?"

허소월이 적풍을 만나고 돌아와 적풍과 있었던 일을 말하자 우서한이 물었다.

"그런 말은 없었지만 필요하다면 도와줄 생각입니다."

"그게… 월문의 법규에 어긋나는 일임은 알고 있지?"

"그렇긴 하지만 법황에겐 그 정도 권한은 있지요."

"후후, 법황이 그렇다면 그런 것이겠지. 그런데… 정말 그놈 날 안 볼 생각이더냐?"

"아무 말 없었어요."

"매정한 놈 같으니라구!"

우서한이 투덜거렸다.

그렇다고 그가 정말 적풍에게 화가 난 것 같지는 않았다. 이 모든 일은 결국 그의 선택으로 일어난 일이기에 자신이 감수할 수밖에 없다는 것을 인정하는 것 같았다.

"그런데 사부님."

"응?"

"저도 한번 가 볼까요?"

"어딜… 뭐?"

우서한이 화들짝 놀란 표정으로 되물었다. 너무 놀라서 그의 눈이 찢어질 듯 커졌다. 반쯤은 의자에서 몸을 일으킬 정도였다.

"안 돼요?"

"절대!"
우서한이 단호하게 말했다.
"잠시 사부님이 이곳의 일을 맡아주시면 되잖아요?"
"여기의 일 때문이 아니다."
"그럼요?"
"그건……."
우서한이 말꼬리를 흐렸다. 그러자 허소월이 의아한 표정을 지으며 물었다.
"설마 아직도 제가 모르는 일이 있나요?"
허소월의 월문의 법황이 된 것이 거의 십여 년이 되어가고 있었다.
이제 그는 이 땅과 칠왕의 땅 사이에서 일어났던 모든 일, 그리고 그 신비로운 두 땅의 교류에 대해 인간이 알아낸 모든 것을 알고 있었다.
아니 적어도 그는 그렇게 생각하고 있었다. 그런데 지금 우서한의 반응을 보면 아직도 그가 모르는 일이 더 있다는 생각이 들었다.
"제가 뭘 모르는 겁니까? 법황으로서 묻는 겁니다."
비록 우서한이 전대 월문의 법황이라 해도 일단 그 자리에서 물러난 이상 당대 법황인 허소월의 물음에 대답하지 않을 수 없다. 이것 역시 월문의 절대적인 법규다.
"정말 들어야겠느냐? 즐거운 이야기가 아니다."
"말씀해 보세요, 판단은 제가 하죠."

냉막한 대답이다.

"후우… 네가 그곳에 가면 안 되는 이유는 바로 현월문 때문이다."

"현월문이요?"

허소월이 뜻밖의 대답이라는 듯 되물었다.

"그렇다. 소월, 넌 현월문과 우리 월문, 그러니까 그들이 명월문이라 부르는 우리 문파와의 사이가 어떻다고 생각하느냐?"

"서로 문의 양쪽 입구를 지키는 형제들 아닙니까?"

"그런 것 말고 서로에 대한 생각 말이다."

우서한이 다시 물었다. 그러나 허소월의 표정이 변했다.

"설마 서로를 경계한다는 뜻인가요?"

"경계… 비슷하지만 경계라기보다 시기랄까. 현월문의 뿌리가 우리 월문인 것은 맞다. 그러나 오랜 세월이 흐르면서 그들과 우리 사이에는 이질감이 생겼다. 예전에는 말이다. 아주 가끔 특별한 경우에 양쪽을 오가는 경우도 있었다."

"밀교의 문을 열고 말입니까? 그건 이해가 되지 않는군요. 밀교의 문을 열려면 칠보와 칠검 중 하나가 있어야 하는데……."

"밀교의 문을 통해서가 아니라 교벽을 통해서였지. 위험한 일이지만 월문의 비술을 사용하면 그 위험을 피할 수 있으니까. 그런데 최근 일백 년간은 모악처럼 파문을 당해 도주한 자 말고는 이곳에 온 현월문의 문도도 없었고, 그곳으로 간 우리 월문의 사람도 없었다. 그들이 원치 않기 때문이지."

"그런 일이 있었나요?"
허소월이 새로운 이야기에 흥미를 보였다.
"그러니 네가 그곳으로 가면 현월문이 어떻게 반응할지 알 수 없다. 이건 마치 무언의 약속 같은 것이라서 우리도 지켜야 할 것 같다."
"제가 적법한 월문의 법황이라도요?"
"오래전 명분으로 세워진 권위다. 아직도 그 권위가 지켜지길 바라는 것은 욕심이지."
"그런가요? 그런데 왜 관계가 불편해진 거죠?"
"그건……."
우서한이 말꼬리를 흐렸다.
그러자 허소월이 다시 놀란 표정을 지었다. 말을 얼버무리는 우서한의 행동에서 이 일이 그에 의해 시작된 일임을 깨달은 것이다.
"설마 사부님이 관계된 일인가요?"
"음……."
우서한이 침음으로 대답을 대신했다.
"대체 무슨 일이 있었던 건가요?"
"사적인 일이다. 네게 말하고 싶지 않구나."
"월문의 일인데 어떻게 사적인 일이 될 수 있습니까?"
허소월은 단호했다.
"이 사부의 사정을 한 번 정도는 봐줄 수 있지 않느냐?"
우서한이 사정하듯 말했다.

허소월이 물끄러미 우서한을 바라봤다.

마치 지금까지 전혀 보지 못했던 새로운 사람을 보는 듯한 표정이었다. 그러다가 결국 허소월이 고개를 끄덕였다.

"알았어요. 더 묻지 않죠. 그리고… 사실 저도 사부를 두고 그곳에 가기는 어렵다고 생각하고 있었어요. 하지만 저도 한 가지 약속은 받아야겠어요."

"무엇이냐?"

"이번에 형님이 하시는 일, 그 일에 어떤 관여도 하지 마세요."

"하아, 녀석아. 아직도 내게 그럴 힘이 남아 있다고 생각하느냐?"

"사부님은 힘보다 머리가 더 무서운 분이시죠."

"후후, 그렇다한들 걱정마라. 솔직히 말해 십자성주가 그곳에 간다면 내게도 나쁜 일만은 아니다. 내 일생의 숙제 중 하나를 해결하는 일이니까."

우서한이 담담하게 말했다.

"하긴 그렇겠군요. 형님 부자에게 진 마음의 빚이 그나마 씻어지겠군요."

"그러고 보니 나도 그가 보고 싶구나."

"아서요. 제가 못 가면 사부님도 갈 수 없어요."

허소월이 급히 말했다.

"아이고, 걱정 마라. 난 이제 늙어서 교벽을 통과할 수도 없으니……."

의천노공 우서한이 손을 내저으며 대답했다.

우마는 며칠째 적풍을 찾지 않았다. 아무래도 단단히 화가 난 것이 분명했다.

적풍이 우마에게 동행하는 대신 십자성을 맡아달라고 말한 날부터 우마는 좀체 적풍 앞에 모습을 드러내지 않았다.

그 와중에도 적풍은 칠왕의 땅으로 떠날 준비를 착실하게 하고 있었다. 은밀히 몇 명의 신혈족들을 불러들여 함께 동행할 사람을 정했고, 그간 십자성의 이름으로 행한 모든 일들을 정리해 우마에게 넘길 준비 역시 마쳤다.

간혹 서로 껄끄러운 관계인 우서한과 단우하를 한곳에 불러 놓고 자신이 궁금해 하는 것을 물어보기도 했다.

단우하는 우서한을 여전히 싫어했지만, 일단 적풍이 자신의 부탁대로 칠왕의 땅으로 가기로 결정한 이후에는 우서한에 대한 분노를 가급적 밖으로 드러내지 않았다.

그렇게 바쁜 나날이 십여 일이 흐르고 나서야 우마가 적풍을 찾아왔다.

그리고 작심을 한 듯 물었다.

"정말 절 두고 가실 겁니까?"

"응!"

적풍이 아무렇지도 않게 대답했다.

"정말 너무하시네요."

"너무한 건 내가 아니라 너야."

"내가 뭘요?"

"대체 네가 아니면 누구에게 십자성을 맡긴단 말이냐? 그 사실을 모르지 않는 놈이 이렇게 고집을 피운단 말이냐?"

"맡을 사람이 왜 없어요. 쿠샨 선생도 있고, 준갈 형님이나……."

"그만해. 그게 말이 안 된다는 건 너도 알고 있지? 쿠샨 그 양반은 신혈이 아니니 조언자는 될지언정 지도자는 될 수 없다. 준갈은 여전히 낭인의 습성을 사랑하고 그 생활을 거두고 싶어 하지 않으니 역시 마찬가지. 더군다나 우리 십자성과 야문의 관계를 생각하면 네가 있어야 해."

적풍이 단호하게 말했다.

"아무리 그래도 양보가 안 돼요."

"그 위험한 곳에 왜 가려고? 넌 아이들도 있지 않느냐?"

"그야 그 사람이 잘 키우겠지요."

"그래도 아비가 있어야지."

"그래도 그 재밌는 일을……."

"뭐?"

"재밌는 일을 혼자 하시려 하느냐고요?"

"넌 지금 칠왕의 땅으로 가는 일을 재미로 생각하는 거냐?"

적풍이 한심하다는 표정으로 우마를 보며 물었다.

"물론 위험한 일이지요. 하지만 생각을 조금 바꾸면 아주 재밌는 일이지요. 다른 세상을 경험한다는 것은……."

"목숨을 걸어야 하는 일이어도?"

"흐흐, 그럴수록 더 흥미 있죠. 위험이 클수록……."

"아무튼 안 돼. 넌 남는다!"

적풍이 더 이상 말씨름 하고 싶지 않다는 듯 단호하게 말했다. 그러자 우마의 얼굴이 울그락불그락 해지더니 아무 말도 하지 않고 적풍의 석실을 나가버렸다.

"나도 같이 가고 싶다. 그러나… 너 말고 누구에게 이곳을 맡긴단 말이냐."

적풍이 나직하게 한숨을 쉬며 중얼거렸다.

그때 그의 설루가 안으로 들어오며 물었다.

"우 대협이 화가 많이 난 것 같던데 무슨 일이야?"

"음, 남으라니까 그러네."

"그래도 역시 우 대협이 남아야겠지?"

"믿을 사람은 녀석뿐이니까."

적풍이 고개를 끄덕였다.

그러자 설루가 다시 물었다.

"그럼 몇 명이나 데려가는 거지?"

"당신까지 열."

"열이라… 충분할까?"

"그는 나 혼자 가길 원하더군."

"그곳에 간다 해도 그의 의도대로 움직일 수는 없어."

"나도 그럴 생각은 없어. 그는 그저 길 안내자일 뿐이지. 그것조차 믿을 수 없는……."

적풍의 대답에 설루가 안심한 듯한 표정을 짓다가 가볍게 한

숨을 내쉬었다.

"사실은 조금 긴장돼."

"나도 두렵기는 해."

"당신이 두렵다고?"

설루가 의외인 듯 되물었다.

"음… 그 땅도, 그를 만나는 일도……."

"아버님을 만나기가 두려운 거야?"

설루의 물음에 적풍이 대답 없이 고개를 끄떡였다.

그러자 설루가 잠시 적풍을 바라보다 말했다.

"그래도… 재미는 있을 것 같지?"

설루의 말에 갑자기 적풍이 웃음을 터뜨렸다.

"하하하! 설루 당신도 신혈족들과 살더니 비슷하게 변했군. 우마와 같은 말을 하다니! 하하하!"

허소월은 적풍이 신곡을 떠나는 날까지 북십자성이 머물렀다. 필요한 말을 물을 때 빼고는 적풍으로 부터 철저히 외면받는 의천노공 우서한은 전마 적황을 만나면 전해달라는 한 장의 서찰을 남긴 채 먼저 신곡을 떠났다.

적풍이 떠난다고 북십자성의 본거지 신곡이 혼란스러운 것은 아니었다.

십자성주 적풍의 외유가 알려지기는 했지만 그 외유가 칠왕의 땅이라는 미지의 세계로 향하는 것임을 아는 사람은 많지 않았다.

그렇게 조용히 떠날 준비를 한 적풍은 오월, 날 좋은 어느 날 저녁에 동행자들과 함께 홀연히 신곡에서 사라졌다.

*　　　*　　　*

철썩철썩!

거친 파도소리가 사람들을 잠 못 들게 했다. 새벽 파도가 매섭게 바위를 몰아쳤다.

해안가 절벽 아래 아늑한 곳, 바위 위에서 잠자던 물개들이 파도 소리에 놀라 바다 속으로 뛰어들었다.

그리고 그 파도를 밀고 온 배가 위태롭게 암초를 스치고 지나갔다.

"조심 좀 하소?"

문득 배위에서 걸쭉한 목소리가 들렸다.

"지금 나 장강 이무기의 배 모는 실력을 걱정하는 거요?"

어둠 속에서 느긋한 대답이 나왔다.

"제길, 흑룡선주께선 별호 그대로 강에서 배를 모시던 분 아니오? 이런 거친 파도에선 조심해야지 않겠소. 성주께서도 계신데……."

"성주! 성주께서도 이 도진을 믿지 못하십니까?"

어둠 속에서 다시 중년 사내의 걸걸한 목소리가 들렸다.

그러자 차오르는 바다의 새벽을 보고 있던 적풍이 대답했다.

"난 걱정하지 않소."

"하하하, 그것 보시오. 성주께선 걱정하지 않는다지 않소. 감대협은 나만 믿으시면 되오. 속도를 높여라!"

십자성에서, 아니 천하에서 가장 물길에 능하고 수공에 이르러서는 적수가 없다고 알려진 장강 이무기 도진이 호기롭게 목소리를 높였다.

그 순간, 배가 위태롭게 해안의 암초 사이를 가르며 돌진했다.

좌아악!

배의 속도가 빨라지자 뱃전에 부딪치는 파도도 강해졌다. 뿌옇게 일어난 파도가 허공에 물안개를 만들었고, 그 물안개가 거침없이 배 안으로 쏟아져 들어왔다.

그러나 그렇게 밀려든 물보라는 적풍의 옷깃을 적시지 못했다. 물보라들이 적풍 앞에 이르러서는 마치 연기가 바람에 흩어지듯 좌우로 밀려났기 때문이었다.

"오호! 아주 좋은 바다군!"

바다에서 배를 모는 것은 장강 이무기 도진에게도 특별한 경험인지 그의 즐거운 목소리가 연신 터져 나왔다.

"하여간 특별한 분이야."

소란 때문인지 어느새 잠에서 깨 선실 밖으로 나온 설루가 적풍에게 다가서며 말했다.

"일어났어?"

적풍이 설루를 돌아보며 물었다.

"도통 시끄러워서 잘 수가 있어야지."

설루가 어깨를 으쓱 거리며 말했다,

"어차피 일어날 시간이야. 이제 곧 도착할 거야. 날이 밝기 전에 배에서 내려야 해. 사람들 눈에 띄는 것은 좋지 않으니까. 그전에 배는 돌아갈 거야."

"그런데… 믿을 수는 있는 걸까?"

"믿을 수밖에. 소월 아우도 동의했으니까."

"난 이해가 안 돼."

"뭐가?"

"교벽이 칠 장소를 예측한다는 것이……."

"뭐 수백, 아니 어쩌면 수천 년 동안의 자료를 가지고 예측하는 거니까 가능한 일이겠지."

"백 일이라고 했지?"

"음… 이미 보름은 지났어. 그사이 아무 일 없었던 것이 다행이고……."

적풍이 대답하는 사이 해안의 암초 지대가 사라지고 어둠 속에서도 하얗게 빛나는 백사장이 모습을 드러냈다.

그러자 배가 서서히 속도를 줄이더니 급기가 해안으로부터 이십여 장 떨어진 곳에 멈췄다. 더 이상 해안 쪽으로 접근했다가는 수심이 낮아 배가 전복될 우려가 있었다.

"성주, 저곳입니다."

어느새 적풍의 곁에 다가온 천하제일의 뱃사람 장강 이무기 도진이 손을 들어 섬 위에 우뚝 솟은 산을 가리키며 말했다.

"마니산이라고 했나?"

"그렇습니다, 태초의 전설이 깃든 영험한 산이지요. 해동에선 아주 신성시하는 땅입니다."

"알겠소, 그럼 여기서 작별합시다."

적풍이 도진에게 말했다. 그러자 도진이 상기된 표정으로 말했다.

"반드시 돌아오셔야 합니다."

"수구초심, 어찌 태어난 곳으로 돌아오지 않겠소."

"부디 강건하십시오."

도진이 정중하게 포권을 해보였다.

"우마와 십자성을 잘 부탁하오."

"미력하나마 최선을 다해 부성주를 돕겠습니다."

"십자성과 야문의 관계를 잘 조율해 주시오."

"문주님과 부성주님이 부부신데 걱정할 일이 있겠습니까?"

도진이 되물었다.

"십일선과 십이선… 그 두 사람은 그의 죽음에 대해 알고 있는 사람들이오."

"그것 역시 걱정 마십시오. 그 일은… 야문에서도 고력 그분의 개인적인 선택으로 여겨질 뿐입니다."

"알겠소, 가지!"

적풍이 설루를 보며 말했다.

설루가 고개를 끄덕이고는 훌쩍 신형을 날렸다. 그러자 그녀의 몸이 배 위에서 바람에 날리듯 떠오르더니 가볍게 물 위로 떨어져 내렸다.

그런 그녀의 발에 차가운 바닷물에 닿기 전, 설루의 발밑으로 나무토막하나가 내려앉았다. 설루가 그 나무토막을 가볍게 차고 다시 한 번 도약해 해안가 모래사장에 가볍게 내려섰다.

"주모님의 무공이 이젠 정말 놀라울 정도군요."

"그러게 말이오, 나도 가끔 놀랍소. 혹 신혈의 피를 이은 것이 아닌가 의심할 정도라오."

도진의 말에 적풍이 대답했다.

"안심이 됩니다. 처음 주모께서 동행하신다고 하셨을 때는 걱정했는데……."

"그렇소? 후후 걱정 마시오. 설루는 내게 도움이 될지언정 짐이 되진 않을 사람이니까. 그럼 나도 가겠소."

적풍도 훌쩍 몸을 날렸다. 그의 몸이 어두운 새벽 바다를 새처럼 날아 단번에 설루 옆에 떨어져 내렸다.

연이어 배에 타고 있는 십자성의 고수들이 몸을 날렸다. 개중 누구는 적풍처럼 단번에 해안가 모래사장에 닿았고, 또 누군가는 바다에 던져 놓은 나무토막을 딛고 물 위를 달려 적풍이 있는 곳까지 도달했다.

하나같이 뛰어난 무공을 지닌 십자성의 고수들이 순식간에 배에서 해안가로 자리를 이동했다.

그러자 외롭게 배 위에 남아 있던 도진이 적풍등을 향해 조금 큰 목소리로 외쳤다.

"모두, 무운을 빌겠습니다."

"고맙소. 그대도 잘 지내시오."

"그럼!"

도진이 배 위에서 고개를 숙여보이고는 이내 배를 돌려 해안가에서 멀어지기 시작했다.

적풍과 십자성의 고수들은 도진의 배가 어둠 속으로 완전히 사라질 때까지 해안가에 서 있었다.

그러다가 아침 수평선 너머로 사라지자 누가 먼저랄 것도 없이 천천히 섬 위 높다란 산봉우리를 향해 걸음을 옮기기 시작했다.

"다행이 때를 잘 맞춘 것 같습니다. 오래 기다릴 필요는 없겠군요. 조금만 지체했으면 놓칠 뻔했습니다."

고려인들에게 신산(神山)으로 여겨지는 마니산 정상을 향해 오르던 중 문득 단우하가 걸음을 멈추고 남쪽 하늘을 바라보며 말했다.

"때가 되었다는 말입니까?"

일행 중 그나마 단우하와 인연이 있는 조어장이 단우하의 시선을 따라가며 물었다. 따라가다 보니 시선은 바다가 아니라 그 위 하늘에 닿아 있다.

"그렇소."

단우하가 말했다.

"어찌 그걸 아십니까?"

"교벽은 우연이거나 혹은 알 수 없는 신비로운 힘에 의해 나타나는 것이 아니오. 교벽은 천문과 밀접한 관계가 있소."

“천문이요? 별자리 말입니까?”

“그렇소. 하늘에는 보통 사람들이 보지 못하는 별이 있소. 워낙 작기도 하거니와 밤하늘에 나타나는 시간도 극히 짧고 불규칙하기 때문이오. 천문에 능통한 밝은 눈을 가진 자만이 구별해 낼 수 있는데, 그중 혼돈이성이라 불리는 별이 있소.”

“혼돈이성이라는 별자리는 처음 들어보는군요.”

“월문의 사람들이 지은 이름이기 때문일 거요. 칠왕의 땅에서 그 별들의 움직임을 찾을 수 있는 월문 외의 현자들은 혼돈이성을 두 개의 성스러운 별이라고 부르오.”

“그럼 그 두 개의 별로 교벽이 나타날 시기와 장소를 점친다는 겁니까? 점성술처럼?”

“이건 점성술이 아니오. 교벽은 완벽한 자연의 이치에 따라 나타나는 현상이오. 월문의 뿌리인 밀교에선 이를 종교적인 현상으로 이용하지만 적어도 내게 이건 단지 비가 오거나 눈이 오는 것과 같은 자연스러운 현상일 뿐이오. 단지 그 충격적인 모습이 신비스러워 보일 뿐이지…….”

“그래서 지금 그 혼돈이성을 볼 수 있겠소?”

뒤쪽에서 두 사람의 대화를 듣고 있던 적풍이 물었다.

적풍은 신곡에서 지내는 동안 단우하와 칠왕의 땅에 대해, 그리고 그곳으로의 여행을 두고 논의하기 위해 꽤 많은 시간을 함께 보냈다.

그러면서 이 노인이 지닌 지식과 전마 적황에 대한 충성심에 어느 정도 감동한 면이 있어서 언제부터인가 자연스럽게 그에 대한 하대를 멈추고 자연스레 그를 존중하게 되었다.

적풍의 물음에 단우하게 시선을 돌려 적풍을 보며 대답했다.

"그렇습니다. 혼돈이성은 오직 해뜨기 전 아주 잠깐 그 모습을 보여주는데 그때 그 움직임을 정확히 읽지 못하면 교벽과 연결시킬 수 없습니다. 그런데 이 산은… 정말 영험한 산이 분명한 듯합니다."

"그게 무슨 소리요?"

"이 세계과 칠왕의 땅 그 어디에도 이곳만큼 명확하게 혼돈이성의 움직임을 확인할 수 있는 곳이 없었습니다. 그런 의미에서 오늘 제 눈이 호강을 하는 듯합니다."

단우하가 황홀한 눈으로 다시 남쪽 수평선 위를 보며 말했다.

그 스스로 혼돈이성이라 불리는 별들의 움직임과 그로 인해 나타나는 교벽이 인간이 이해할 수 없는 신성한 현상이 아니라 단지 자연현상일 뿐이라고 말했지만, 그의 행동은 그와 정반대로 보였다.

"그래서 언제 문이 열리겠소?"

적풍이 다시 물었다.

"적어도 열흘 안에는 교벽이 나타날 것입니다. 그리고… 그 강도가 무척 강렬할 듯합니다. 아마 이 땅에 거대한 태풍이 몰아칠 겁니다."

"음… 태풍이 치기에는 좀 이른 계절인데, 날씨도 좋고……."

일행 중 한 명인 소두괴가 고개를 갸웃하며 중얼거렸다.

소두괴는 살기 넘치는 검을 쓰는 검객이지만, 십자성 내에서는 지모가 뛰어나기로 소문난 사람이기도 했다.

"교벽은 계절을 타지 않소. 태풍이 교벽을 여는 것이 아니라 혼돈이성이 태풍을 만들 것이오. 계절에 상관없이……."

단우하가 말했다.

"하긴 그렇겠군요. 혼돈이성의 움직임에 의한 것이라면."

소두괴가 이해한다는 듯 고개를 끄덕였다. 그러자 단우하가 다시 적풍을 보며 말했다.

"교벽이 가장 강렬하게 나타날 곳을 찾아야 합니다."

"그 일은 당신 일인 것 같소이다만?"

적풍이 대답했다.

"물론 그렇습니다만 모두의 도움이 필요합니다."

"말만 하시오."

"이 산에서 가장 크고 수령이 오래된 나무들이 있는 숲을 찾아야 합니다. 교벽도 벼락임은 분명해서 그런 곳에 집중적으로 떨어지지요."

"모두 들었나? 지금부터 단노사를 도와 산을 살핀다. 그리 큰 산은 아니니 반나절 안에 끝내도록!"

"알겠습니다. 성주!"

십자성이 고수들이 일제히 대답했다.

제6장 드디어… 교벽

해가 비치는 북쪽 석벽은 순백으로 눈부시다. 그 아래 옥빛으로 영롱한 호수가 무성하게 자란 작은 나무와 수초로 어우러진 조그마한 섬들을 품에 안고 있었다.

절벽 서쪽 먼 곳으로 높은 산이 우뚝 서서 호수를 내려다보고 있었는데, 봉우리에는 만년설이 쌓여 거울처럼 번쩍이고 있었다.

그 산에서 내려온 물들이 다섯 갈래의 폭포를 이뤄 호수로 떨어지고, 그렇게 모여든 물들은 옥빛 호수를 느리게 가로질러 남쪽 무성한 수림 사이로 사라졌다.

작은 섬들 사이로는 누가 놓았는지 외롭게 이어진 나무다리가 호수 중심에서 동북쪽과 서남쪽, 그리고 북쪽 절벽을 향해 이어져 있었다. 워낙 오랜 된 다리라 그런지 중간 중간 기둥이 허물어지고 상판이 사라져 다리를 믿고 호수를 건너다가는 물에 빠지기 십상이었다.

정오가 가까워지는 시간, 호수는 하루 중 가장 아름다운 빛을 내고 있었다.

석양에 물든 호수가 아름답다지만 햇살이 충만한 늦은 아침의 호수는 그 영롱함에서 다른 어떤 시간에 비할 바가 아니었다.

그래서 감히 잡인이 발길을 들이기에는 너무 성스러운 호수에 한순간 인기척이 느껴졌다.

남쪽으로 이어진 다리 위, 그 위에 한 여인이 모습을 드러냈다. 여인은 다리에 오르자마자 숲 쪽을 향해 손을 들었다.

그러자 숲 안쪽에서 거뭇한 모습의 사람들이 여인이 있는 호수로 나오려다 말고 걸음을 멈췄다. 여인이 손을 들어 다리에 오르려는 자들을 막은 것이다.

"혼자 갑니다."

여인이 날카로운 음성으로 말했다.

얼핏 들으면 남자의 느낌이 드는 목소리다.

"위험합니다, 성주님!"

숲 속에서 자들 중 한명이 늙은 목소리로 말했다.

"설마 남매인 날 죽이겠어요?"

여인이 무심하게 대답했다.

"하지만……."

"걱정 마세요, 그래도 핏줄이에요. 두 사람의 야심이 대단하기는 하지만 그렇다고 모략으로 절 죽일 정도로 비열하지는 않아요."

"알겠습니다."

노인의 대답이 들렸다.

대답을 들은 여인이 위태로운 나무다리를 걷기 시작했다.

햇살 아래 드러난 여인의 모습은 특이했다.

검지만 붉은 기운이 도는 듯한 머리를 가지고 있었고, 키가 보통의 여인보다 한 뼘 정도는 더 커보였다.

몸에 걸친 붉은 천 안쪽으로 언뜻언뜻 갑주인 듯한 것들이 보였고, 허리에는 여인이 사용하기에는 무거워 보이는 검을 차고 있었다.

그녀는 위태로운 나무다리를 단단한 땅처럼 밟고 거침없이 이동했다. 그 때문에 그녀가 지나간 몇몇 자리에선 나무다리가 무너져 내리며 시끄러운 소음이 일어나기도 했다.

보통의 여인에서는 쉽게 볼 수 없는 외모와 과단한 성정을 드러낸 그녀가 멈춘 곳은 세 갈래의 다리가 만나는 호수 중심의 섬이었다.

반경 십여 장 안쪽의 섬에는 어울리지 않게 순백색의 천이 섬 전체에 깔려있고, 그 위에 화려한 금장식을 한 탁자와 세 개의 의자가 놓여 있었다.

"오늘도 내가 처음인가?"

여인이 섬에 깔린 순백의 천을 밟으며 중얼거렸다. 그리고 의자에 앉는 대신 섬 위에 서서 다른 두 개의 다리를 번갈아 바라봤다.

그러자 동쪽 다리와 북쪽 다리 끝에 동시에 두 사람이 모습을 나타냈다.

그 모습을 본 여인이 한줄기 실소를 흘렸다.

“숨어서 보고들 있었군. 소심하기는… 역시 겁들이 많아. 그러니 내가 오라비들에게 아바르를 맡길 수 없는 거지. 저런 소심함으로 어떻게 사나운 적들로 부터 비옥한 아바르의 땅을 지킬 수 있단 말인가.”

여인이 혼잣말을 중얼거리며 탁자가 놓인 곳으로 가 금장식이 화려한 의자에 앉았다.

그사이 동쪽과 북쪽 다리 위에 올라선 중년의 두 사내가 나는 듯이 다리를 건너와 섬 앞에 섰다.

“형님! 늦었습니다.”

북쪽에서 온 사내가 동쪽에서 온 사내에게 정중하게 고개를 숙여보였다.

“늦긴, 네가 이미 반나절 전에 이곳에 와 있었다는 걸 알고 있는데.”

“하하, 역시 형님의 눈을 속일 수 없군요. 맞습니다. 혹, 오늘 우리 형제들의 만남을 방해하는 자가 있나 걱정이 되어 미리 와서 주위를 살펴보았습니다.”

"하하하! 역시 아우는 언제나 조심성이 많구나."

동쪽에서 온 사내가 호탕한 웃음을 터뜨렸다. 그러나 그의 웃음과 달리 그의 눈은 날카롭게 자신의 아우를 노려보고 있었다.

그의 눈빛을 결코 형제를 대하는 자의 그것이 아니었다.

"두 분은 언제까지 서 계실 생각인가요?"

긴장감이 도는 두 형제의 조우를 바라보고 있던 섬 위의 여인이 두 사람에게 물었다.

나이 많은 쪽 사내가 금세 얼굴색을 바꿔 만면에 웃을 띄며 여인에게 말했다.

"화유, 오래만이구나."

"그러게요, 어서 오르세요."

"오냐, 아우 가세."

사내가 자신의 동생을 슬쩍 바라보고는 먼저 섬에 올라 세 개의 의자 중 하나를 차지하고 앉았다.

그러자 다른 사내 역시 조심스레 섬에 올라 주위를 한 번 살펴본 후 다른 두 사람과 탁자를 가운데 두고 자리를 잡았다.

"이렇게 우리 세 사람이 한자리에 모인 것이 얼마만이지?"

가장 나이가 많아 보이는 사내가 입을 열었다.

"삼 년 전 아버님을 뵈러 갔을 때가 마지막이었지요."

여인이 대답했다.

"그렇군. 벌써 삼 년이나 되었군. 아쉬운 일이야… 그런데 모두들 이곳을 기억하지?"

"당연하지 않소. 우리 세 남매가 어린 시절을 보낸 곳인데."

"그렇지. 비록 숨어 살 때였지만 이곳에서 지냈던 시간이 그리 나빴던 것은 아닌 것 같아."

"즐거운 일도 많았지요. 더군다나 그때는……."

여인이 말을 하다 말고 입을 닫았다.

갑자기 침묵이 흘렀다. 과거를 회상하는 것인지 혹은 떠올린 과거에 불편함이 있는 것인지는 알 수 없었다.

"아버님께서 돌아오지 않았다면 어땠을까?"

"그야 뭐… 아직도 이곳에서 살고 있지 않았겠소?"

나이 적은 사내가 대답했다.

"그렇겠지? 그땐 우리 세 사람이 힘을 모으지 않으면 살아남을 수 없었으니까. 음……."

"그런데 옛날이야기를 하자고 부른 것은 아닐 것 같은데요?"

여인이 사내를 보며 물었다.

그러자 사내가 고개를 저었다.

"아니 오늘 보자고 한 것은 옛날이야기를 좀 해야 할 것 같아서다."

"흐흐, 이 바쁜 와중에 옛이야기나 하며 시간을 보내잔 말이우? 아니면… 혹 옛 기억을 떠올려 형님께 우리 두 사람이 복종하기라도 하길 바라시는 거유?"

나이 적은 사내가 도발적으로 물었다.

"머리 큰 너희들이 내가 하란다고 그리 하겠느냐?"

"허면 옛이야기는 왜 하시려는 것이오?"

“어쩌면 우리가 다시 그 옛날처럼 힘을 모아야 할 일이 생길지도 모르겠어서 하는 말이다.”

“그게 무슨… 설마 삼후를 두고 하시는 말씀이시오?”

나이 적은 사내가 물었다.

“물론 그들도 중요하지. 하지만 솔직히 말해 난 그들이 두렵지는 않다.”

“흐흐 삼후가 들으면 무척 불쾌해 할 것이오. 그들은 우리 세 사람을 아버님의 자식으로는 인정하지만 아바르를 지킬 전사(戰士)들의 우두머리로서는 인정하지 않는 자들이오.”

“알고 있다. 그들이 실질적인 권력을 갖길 원한다는 것도 알고 있다. 우리 중 한 명을 명목적인 후계자로 세우고 말이다. 아마… 너희들에게도 은밀한 제안이 갔겠지.”

사내가 두 동생을 번갈아 보며 물었다.

그러나 두 동생은 긍정도 시인도 하지 않고 침묵으로 대답을 대신했다.

“하하, 좋아. 이건 우리 세 사람이 서로 경쟁해야 하는 일이니 달리 논의할 일도 아니지. 하지만 누가 이 경쟁에서 이기더라도 삼후를 경계해야 할 것이다. 아버님 생전에는 그들이 충성을 다하겠지만…….”

“우리도 바보는 아니오.”

나이 어린 사내가 대답했다.

“알고 있다. 다만 맏이로서 노파심이 생겨 한 말이다.”

“삼후가 아니라면 누가 우릴 위협한다는 거죠? 경쟁을 중지

하고 힘을 모아야 할 만큼 위협적인 상대가 있다는 건가요?"
여인이 물었다.
"지금으로선 확신할 수 없지만 가능성은 충분하다."
"단지 가능성만으로 우릴 불렀단 말이오?"
어린 사내가 불쾌한 표정으로 물었다.
"호, 너도 내 말을 들으면 결코 이 일을 간과하지 못할 것이다."
"대체 무슨 일을 두고 그리 뜸을 들이시오. 우리 모두 시간이 많은 사람들이 아니잖소? 그리고 이곳은 비록 세상이 알지 못하는 장소지만 산을 넘으면 칠왕의 힘이 미치지 않는 땅이오. 언제라도 방해자꾼들이 나타날 수 있는 곳이란 말이오."
"알고 있다. 나도 시간을 끌 생각은 없다. 말해주마. 왜 우리 셋이 힘을 모아야 하는지. 아버님이 우리 셋 그 누구도 신뢰하지 않는다는 걸 알고 있지?"
"젠장 그 이야기는 왜 꺼내시오?"
동생인 사내가 불편한 얼굴로 대꾸했다.
"그럼에도 아바르의 사람들은 우리 셋 중 하나가 아버님의 뒤를 이을 것이라 생각하고 있다."
"그야 당연한 것 아니오. 오직 우리 셋만이 아버지의 피를 이었는데."
"나도 그렇게 생각했지. 그래서 아버님의 마음은 사실 그리 중요하게 생각지 않았다. 그런데 그게 우리의 실수였던 모양이다."

"아버님께 다른 생각이 있으시단 건가요?"
여인이 심각한 표정으로 물었다.
"그렇다, 단 의숙이 사라졌다."
사내가 말했다.
"의숙께서요? 이상한 일이군요. 의숙은 지금까지 하루도 아버님의 곁을 떠난 적이 없지 않나요?"
"그러니 보통 일은 아닌 거지. 그리고 얼마 전 의숙이 사라진 이유를 알게 됐다."
"이유가 뭐요?"
호라 불린 나이어린 사내가 물었다.
"의숙은… 다시 교벽을 통과했다."
"교벽! 아니 왜……?"
두 동생이 이해가 가지 않는다는 표정으로 사내를 바라보며 되물었다. 그러자 사내가 심각한 표정으로 대답했다.
"아버님은 우리에게 이곳을 떠나 있었던 시간에 대해 말해주신 적이 없다. 하지만 난 한 가지 사실을 알고 있다. 너희들이 모르고 있는……."
"제길 어서 말해 보시우."
동생이 다시 형의 말을 재촉했다.
"이곳을 떠나 있던 동안 아버님께서 한 명의 여인과 아이를 얻었다는 사실, 알고 있었느냐?"
"뭐라고요?"
동생이 자리를 박차고 일어났다. 여인 또한 믿지 못하겠다는 표정으로 뚫어지게 사내를 응시했다.

"거짓말이 아니다. 확인한 일이야. 단지 아버님은 밀교의 문을 열고 다시 칠왕의 땅으로 돌아오기 위해 그들 모자를 버렸다고 한다."

"버렸다고요?"

여인이 혼란스러운 표정으로 다시 물었다,

"그래, 그런데 아마도 그 버린 자식을 이곳으로 데려오려 하시는 것 같다. 단 의숙을 다시 그곳으로 보낸 것을 보면……."

사내의 말이 끝나자 갑자기 대화가 끊겼다. 셋 모두의 얼굴에 짙은 그늘이 내렸다.

누구 하나 쉽게 입을 열지 못했다. 시간 없음을 탓하던 아우 쪽 역시 말이 없기는 마찬가지였다.

"꼭 그 때문이 아닐 수도 있지 않수?"

오랜 침묵 끝에 아우가 물었다.

"물론 그럴 수도 있지. 그러나 가능성은 그쪽이 훨씬 크겠지."

"그래서 형님의 생각은 무엇이오? 만약 그 아이를 데려오는 것이 확실하다면……."

아우가 다시 물었다.

그러자 사내가 대답했다.

"먼저 한 가지를 결정해야 한다. 아버님이 그 아이를 후계자로 삼겠다고 결심하셨다면, 그 판단을 따르지 말지를! 다른 일들은 모두 그 선택에 따라 결정될 것이다. 어찌 할 거냐? 아버지의 결정에 따를 것이냐?"

"형님은 어떻소?"

아우가 되물었다. 그의 눈이 영활하게 움직인다.

"난 아직 결심이 서지 않았다. 하지만 확실한 것은 있다."

"뭡니까?"

"나 혼자 아버지께 반발할 수는 없다는 거다. 너희들이 동의하지 않는다면 난 아버지 뜻에 따를 것이다. 솔직히 혼자서 아버지를 감당할 자신은 없으니까."

"후후, 솔직하시구려."

아우가 고개를 저으며 말했다. 비웃는 것은 아니었다. 외려 너무 솔직한 자신의 형에 대한 감탄의 기색도 엿보였다.

"지금은 솔직해야 할 때니까."

사내가 단호한 표정으로 말했다. 간교한 술책은 용납하지 않겠다는 의지를 드러낸 것이다.

"화우, 네 생각은 어떠냐?"

아우가 이번에는 여동생에게 물었다. 그러자 여인이 아미를 모으며 잠시 생각에 잠겼다가 대답했다.

"저로선… 용납하기 힘들군요."

"역시 그렇지?"

기다렸던 대답을 들었다는 듯 호란 이름의 사내가 여인의 대답을 반겼다.

"근본도 모르는 자에게 신혈의 땅을 내어줄 수는 없어요."

여인이 단호하게 말했다.

"아버지의 혈통이라지 않느냐?"

"그 어미를 말하는 것이에요."

화우라 불린 여인이 차갑게 말했다. 그러자 사내가 고개를 끄떡였다.

"하긴 우리 세 사람은 모두 어머니가 다르지만 그래도 세분 어머니 모두 신혈의 맥을 이은 것은 분명하지."

호라 불린 사내가 말했다. 그러자 맏이인 사내가 고개를 저었다.

"후후, 너희들 모두 변했구나."

"변하다뇨? 무슨 말이죠?"

여인이 차가운 얼굴로 되물었다.

"애초에 아버지께서 대장정을 하시기 전, 우리가 이 칠왕의 땅에서 뭐라 불렸는지 잊었느냐? 우린 모두 잡혈의 씨앗들, 칠왕이 노예로 쓰고자 탄생시킨 자들의 후예라 불렸다. 그런데 이제 와선 모계의 혈통을 트집 잡겠다는 것이냐? 아서라. 그런 말을 아버지께 꺼냈다가는 영원히 빛을 보지 못할 거야."

맏이란 자의 경고에 그의 두 동생이 대답을 하지 못했다. 그러자 맏이인 사내가 다시 말을 이었다.

"어쨌거나 너희들 모두 그 이름 모를 아이의 등장을 용납하지 못하겠다면 우린… 은밀히 움직여야 한다. 설혹 아버지께서 짐작을 하실지언정 증거를 찾을 수 없게 움직여야 한단 뜻이다."

"어떻게 말이우?"

호란 이름의 사내가 물었다.

"뢰산의 성전을 손본다."

"예?"

"성전을요?"

사내의 두 동생이 놀라서 자리에서 일어났다. 마치 듣지 말아야 할 말을 들은 것 같은 표정들이다.

"뭘 그렇게들 놀라느냐? 오는 길을 막으면 된다는 뜻인데……."

"뢰산 성전은 아버지 무황께서 다스리는 신혈의 아바르를 상징하는 장소입니다. 성전이 허물어진다면 사람들이 동요가 심상치 않을 거예요."

여인이 반발하듯 말했다.

"신성을 믿느냐?"

두 동생의 반발에 사내가 차분하게 물었다.

"그, 그런 것은 아니지만……."

"아바르의 백성들은 모르지만 적어도 우린 안다. 뢰산 성전이 신(神)을 위해 지어진 것이 아님을 말이다."

"하지만 세상 사람들은 그 사실을 모르지 않소?"

호란 사내가 되물었다.

"우리 마음에 거리낌이 없으면 된다는 말이다. 그래서 우리 세 사람이 힘을 모을 필요가 있는 거야. 우리 셋이 모여 아바르를 위해 기도하려 한다면 성전 문이 열릴 것이다. 그리고 그 안에서 단 의숙이 돌아오기 위해 준비해 뒀을 교벽의 출구를 막

아버리면 되는 일이다. 사람들이 모르게 말이다."

"그렇다고 단 의숙이 돌아오지 못하는 것은 아니지 않나요? 뢰산의 성전을 막으면 다른 곳에 출구가 열릴 테니까요."

"우리에게 필요한 것은 시간이지."

사내가 말했다.

"하긴 그렇소. 뢰산이 아니라면 설혹 그 아이가 단 의숙을 따라 칠왕의 땅에 온다 해도 즉시 아버지를 만나기는 어려울 것이오. 또 뢰산이 아닌 다른 곳에 열릴 교벽의 출구를 찾을 수만 있다면 우리가 손을 쓸 수도 있고 말이오."

호란 사내가 눈빛을 번쩍이며 말했다. 그의 안광에서 느껴지는 죽음의 기운이 사람을 소름 끼치게 만들었다.

"그 아이를 시험해 볼 기회기도 하겠군요. 과연… 우리의 형제가 될 운을 가지고 있는지……."

여인도 이제는 이 계획을 반대하지 않았다. 오히려 차가운 말투에서 투지가 느껴질 정도였다.

"좋아, 그럼 모두 동의한 것으로 알겠다. 이제부터는 빨리 움직여야 한다. 이 길로 아버지를 뵈러 가자. 우리 세 사람이 함께 찾아뵈면 절대 의심치 않으실 것이다. 오히려 무척 기뻐하시겠지. 이후 뢰산의 성전으로 간다."

맏이인 사내가 결정하자 아우가 급히 물었다.

"그런데 뢰산의 출구가 막힌 후 새로 열릴 출구는 어떻게 찾소?"

"굳이 우리가 찾을 필요는 없다."

"무슨 말씀이오?"

아우가 의아한 표정으로 되물었다.

"우리가 아니더라도 현월문의 법사들이 찾아줄 테니까."

"그들을 끌어들였소?"

"그들 중 몇몇과 약간의 인연을 맺어두었을 뿐이다."

"형님… 이제 보니 그동안 참 많은 것을 준비하셨구려?"

"워낙 뛰어난 동생들을 상대하려니 어쩔 수 없는 일이었지. 아니 그러냐? 하하하!"

사내의 호탕한 웃음소리가 신비지경의 호수를 지나 위태로운 숲과 높은 절벽을 타고 넘었다.

그리고 웃음소리가 절벽을 넘은 순간 아름다운 호수와는 너무도 다른 풍경이 나타났다. 회색빛으로 물든 땅, 죽음의 기운이 넘실거리는 땅, 그 땅의 저 끝으로는 헐벗은 산맥들이 끝없이 이어져 있었다.

*　　　　　*　　　　　*

쿠르릉!

먼 곳에서 천둥소리가 들렸다. 노인은 창가에 붙여 놓은 태사의에 깊숙이 몸을 뉘이고 어둑한 하늘을 바라보고 있었다.

늙은 모습이지만 그에게서 흘러나오는 기도는 단 한곳도 빈틈없이 장내를 압박하고 있어서 그로부터 이 장 여 떨어진 곳에 서 있는 다른 노인은 감히 입도 열지 못하고 있었다.

"삼교호에 모였다고?"
갑자기 노인이 말문을 열었다. 얼마 전 노인에게 한 가지 소식을 전했던 뒤쪽에 서 있던 다른 노인이 퍼뜩 놀라며 대답했다.
"그렇습니다, 주군!"
"얼마만이지?"
"오 년 정도 된 것 같습니다."
"그놈들이 무슨 바람이 불었을까?"
"그것까지는……."
시립한 노인이 죄를 지은 것처럼 머리를 숙였다.
"설마 눈치챈 걸까?"
"……."
"아니라고는 말하지 못하는군."
"외람되지만 성내에 세 분의 사람들이 있기에……."
"그렇겠지."
태사의에 앉은 노인이 고개를 끄떡였다.
"세 분께서 호수를 떠나 이곳으로 오고 계시답니다."
"이곳으로?"
노인이 고개를 돌려 소식을 전하는 노인을 바라봤다.
"그렇습니다."
"무모한 녀석들이 아닌가? 나에게 도전을 하겠다는 건가?"
"그런 의미겠습니까? 단지……."
"단지 뭔가?"

"주군의 의중을 확인하려는 것이 아닌가 싶습니다."

"음… 사실대로 말한다면 반발할까?"

"그럴 리는 없습니다. 검은 사자들의 성에서 감히 주군께 반발하는 자는 살아남을 수 없다는 걸 누구보다 잘 알고 있는 분들 아닙니까? 비록 주군의 혈육이시라 해도 말입니다."

"그럼 어찌 할 것들 같은가?"

"아마도 소공자께서 도착하신 이후에 그분을 견제하실 겁니다."

노인이 대답했다.

그러자 태사의에 앉은 노인이 가볍게 웃음을 흘렸다.

"도우 자네는 말을 참 부드럽게 하는군."

"……?"

"견제가 아니라 죽이려하겠지. 아닌가?"

"……."

노인이 다시 대답이 없다. 그러자 태사의에 앉았던 노인이 자리에서 일어났다.

그리고 창가에 서서 어둑한 하늘을 보며 말했다.

"그 아이의 운이겠지."

"보호하실 생각이신지요? 그러하시다면 사람들을 준비하겠습니다."

"아니, 세 녀석을 이겨낼 능력이 없다면 아바르의 주인이 될 자격도 없다. 그런데 이런 걱정조차도 사치가 아닌가?"

"무슨 말씀이신지……?"

"이제 시간이 얼마 남지 않았다는 뜻이다. 제 시간에 녀석이 오지 않는다면 칠왕의 땅을 피로 물들일 수밖에……."

"주군……!"

노인이 안쓰러운 눈으로 자신의 주군을 바라봤다.

"그런 눈으로 보지 말게. 그래도 죽기 전에 뭔가 할 수 있다면 행복한 거지."

"……."

"녀석들에게서 눈을 떼지 말게."

"알겠습니다."

"삼후는?"

"아직까지는 별 움직임이 없습니다. 그들은… 적어도 주군께서 살아계시는 동안은 걱정하실 필요가 없을 겁니다."

"알 수 없는 일이지."

"믿으셔도 될 겁니다."

"두고 보자고. 아무튼 나도 오랜만에 자식들 인사를 받을 준비는 해야겠군."

"준비하겠습니다."

"알겠네. 참, 현월문은 어떠한가?"

"아직까지는 특별한 움직임이 없습니다."

"변수라면 그들이지. 그 아이가 제때 도착하지 않으면 가장 먼저 현월문의 문주를 만나야 하네. 그로부터 이차 대원정을 시작해야 하니까."

말을 하는 노인의 눈이 검게 물들어갔다. 그리고 급기야 밤

하늘 같은 투명한 어둠이 그의 동공을 차지했다.

* * *

콰르릉!

천제에게 제사를 올리기 위해 쌓아놓은 참성단 위로 벽력이 울부짖으며 지나갔다.

그 빛 아래 잠시 드러난 참성단의 모습이 오늘따라 더욱 신령스럽게 느껴졌다.

적풍과 그 일행은 산봉우리에서 백여 장 떨어진 곳에서 마니산 정상에 내려앉는 마른번개들을 바라보고 있었다. 비도 없이 내리는 이상한 번개의 향연이다.

십자성의 고수들은 그들이 마주해야 할 일들보다 당장 그들 앞에서 펼쳐지는 벽력의 괴이한 울부짖음에 사로잡혀 있었다.

"소공자님 들어가시지요."

단우하가 나무들 사이, 비바람을 피할 수 있는 곳에 세운 천막을 가리키며 말했다.

"정말 아직 아닌 것입니까?"

적풍이 대신 조어장이 걱정스러운 표정으로 물었다.

"아직은 때가 아니오. 적어도 내일 저녁은 되어야 제대로 된 교벽을 볼 수 있을 것이오."

단우하가 대답했다.

"그러다 잘못해서 때를 놓치면 어쩝니까?"

"그에 관해선 날 믿어도 좋소."

단우하가 자신 있게 말했다. 그러자 듣고 있던 적풍이 설루의 소매를 잡으며 말했다.

"들어가지, 쉬어서 나쁠 것은 없으니까."

적풍의 말에 십자성의 고수들이 저마다 자신들의 천막으로 들어가려는데 단우하가 다시 당부의 말을 했다.

"마냥 쉬는 것보다 운기를 통해 기운을 정갈히 하는 것이 좋을 겁니다. 교벽을 통과하는 일은 결코 쉬운 일이 아니니까요."

"모두 들었지?"

적풍이 다시 십자성의 고수들에게 되물었다.

"알겠습니다, 성주!"

십자성의 고수들이 일제히 대답하고는 서둘러 천막 안으로 들어갔다.

투투툭!

하루가 지나자 마른벼락을 내리며 잔뜩 먹구름을 품고 있던 하늘이 드디어 폭우를 쏟아내기 시작했다.

비바람을 막기 위해 친 천막이 위태롭게 흔들렸다. 그 안에서 적풍은 여유롭게 설루와 담소를 나누고 있었다.

간혹 눈부신 번개의 섬광이 천막 안으로 들어왔으나 적풍은 전혀 긴장한 빛이 아니었다.

설루 역시 마찬가지였다. 그녀의 담대함은 오히려 적풍을 능가했다.

가끔 천막을 열어 비바람과 함께 내리꽂히는 벽력을 즐거운 눈으로 바라보기까지 했다.

"무섭지 않아?"

적풍이 그런 설루를 신기해하며 물었다.

"무섭기는 뭐가 무서워. 천하제일인인 낭군이 옆에 있는데."

"벼락이 천하제일인이라고 피해갈까?"

"응."

"후후, 정말 그렇게 믿는 건 아니지?"

적풍이 나직하게 웃으며 되물었다.

"그렇게 믿어. 아니 믿겨져. 이유는 나도 모르겠지만 그래서 이 풍경이 무척 즐겁네."

"예전에는 몰랐었는데 볼수록 여장부야, 당신은!"

"누가 날 이렇게 만들었는지 몰라서 그래? 십자성의 안주인은 결코 나약할 수 없는 위치라고."

"맞아, 나 때문이지. 그런데 어떡하지? 앞으로는 더 강해져야 할 것 같은데."

"내 걱정은 마. 내 한 몸은 지킬 수 있으니까."

설루가 담대하게 말했다.

그 순간 다시 벼락이 쳤다.

쿠르릉!

하늘을 찢을 듯한 천둥소리와 함께 눈부신 섬광이 천막 안으로 들이쳤다.

순간 적풍과 설루가 누가 먼저랄 것 없이 서로를 바라봤다.

"다르지?"

설루가 긴장한 표정으로 물었다. 적풍을 따라 나선 이후 처음으로 긴장한 모습을 보인 것이다.

"때가 된 것 같군. 나가자."

적풍의 먼저 일어서서 설루에게 손을 내밀었다. 그러자 설루가 적풍의 손을 잡고 일어났다.

쿠르릉!

폭우와 함께 온 벽력은 확실히 이전과는 달랐다. 수십 줄기의 벼락이 동시에 내리꽂혔고, 땅과 하늘을 꿰뚫듯 이어지는 벼락 속에서 눈부시게 푸른빛을 띠는 벼락을 찾는 것도 어려운 일이 아니었다.

각자의 천막에 들어가 휴식을 취하고 있던 십자성의 고수들도 이 변화를 모두 알아챘는지 한두 명씩 천막을 벗어나더니 결국 일각이 지나자 않아 모두 적풍의 곁으로 모여들었다.

"때가 된 거요?"

가장 늦게 천막을 나선 단우하가 다가오자 적풍이 물었다. 그러자 단우하가 미소를 지으며 대답했다.

"그렇습니다, 조금 일찍 시작되었군요."

"얼마간의 시간이 있소?"

"칠왕의 땅으로 가려면 겨우 일각이 전부지요. 준비를 해야 합니다. 운이 없으면 갈 수 없고, 또……."

단우하가 말꼬리를 흐렸다.

"이 상황에 숨기거나 망설일 말이 남아 있소?"

적풍이 재촉하자 단우하가 다시 입을 열었다.

"또 교벽이 강도에 따라 사람의 숫자도 달라질 수 있습니다. 그런데 지금 이곳에 내리는 벽력의 모습을 보니 잘하면 모두 갈 수도 있을 것 같군요. 저로서는 서너 명을 기대했었는데."

"또 날 속였구려."

"속인 것은 아니지요."

단우하가 고개를 저었다.

"처음부터 말했다면 이곳에 오는 인원을 줄였을 것 아니오?"

"말했지만 교벽의 크기는 제가 예측할 수 없는 것이라……."

"그게 아니겠지. 교벽을 통과하다 몇 명이 죽거나 상할 것을 대비한 것 아니오?"

적풍이 싸늘하게 말했다. 그러자 단우하가 겸연쩍은 표정을 지으며 대답했다.

"굳이 부인하지는 않겠습니다."

"젠장, 우리 중 몇이 죽을 것이라고 예상하고 있었단 말입니까?"

설루의 뒤에서 산 같은 체구를 자랑하는 몽금이 소리쳤다. 화를 내고 있지만 그녀의 목소리는 언제나처럼 아름다웠다.

"너무 화내지 마시오. 장마철에는 다리를 건너다가도 실족해 물에 빠질 수 있지 않소? 단지 교벽의 문제는 아니라는 거요."

"흥, 정말 잘도 둘러대는군요."

몽금이 코웃음을 치며 단우하를 힐난했다.

"어쨌거나 교벽을 통과하는 것이 위험한 일이 것은 맞소. 그러니 모두… 단단히 각오를 해야 할 거요."

단우하가 자신에 대한 비난은 아랑곳하지 않고 당부했다.

"정확한 장소는 어디오?"

적풍이 물었다. 그러자 단우하가 손을 들어 벼락이 치는 산 위를 가리키며 말했다.

"자세히 보시면 청색 기운을 가진 번개가 일정한 흐름을 가지고 움직인다는 것을 아실 수 있을 겁니다. 그 방향을 읽어 벼락이 치는 간격이 촌각을 다투기 시작하면 그쪽으로 이동해야 합니다. 그러면 어느 순간 교벽이 열릴 것입니다. 말씀드렸듯이 그 시간은 절대 일 각을 넘지 않고, 어쩌면 찰나의 순간에 끝날 수도 있지요."

이번만큼은 단우하도 무척 신중한 표정이었다. 단우하의 신중함이 장내의 분위기를 무겁게 만들었다.

사람들은 단우하가 말한 대로 수십 갈래의 벼락이 떨어지는 마니산 참성단 위쪽을 주시하기 시작했다. 그리고 그중에서 신비한 청색 기운을 드러내는 몇 개의 벼락을 찾아 그 움직임을 쫓기 시작했다.

제7장
틀어진 길

콰르릉!

거대한 벼락들이 신전을 향해 떨어져 내렸다.

벼락이 만들어내는 섬광이 들이치는 신전 안에서 세 남녀가 두려운 눈으로 신전 밖을 응시하고 있었다.

"정말 이래도 됐겠소? 형님?"

호리한 키를 지닌 중년의 사내가 건장한 체구를 지닌 사내에게 물었다.

"어차피 시작한 일 아니냐? 여기서 그만둘까?"

"그럴 수는 없지만……."

"이 일로 우리 세 사람이 아버님의 신뢰를 완전히 잃을 수도 있다. 물론 더 잃을 신뢰가 남아 있는지 모르겠지만. 하지만 그렇다고 아버님이 우릴 죽이기야 하겠느냐?"

"큰 오라버니 말씀이 맞아요. 그 아이가 오지 못하는 이상 아버님께는 대안이 없으세요."

여인이 말했다.

"그렇기는 하지만……."

"그리고 너희들도 들었겠지?"

나이 많은 사내가 두 동생을 보며 물었다.

"뭘 말이오?"

아우가 되물었다.

"아버님께서는 이미 그 아이가 오지 못하거나, 혹은 대안이 될 수 없을 때를 대비하고 있다는 것 말이다."

"대원정 말이오?"

"그렇다."

"그 이야기는 저도 들었어요. 설마 했는데 정말 그 일을 추진하실 줄은 몰랐어요."

여인이 대답했다.

그러자 맏이인 사내가 다시 입을 열었다.

"아버님이 그 일을 준비하고 계신다는 건 결국 그 아이 역시 아버님께는 하나의 선택에 지나지 않는다는 의미다. 그 선택의 기회가 사라진다면 결국 아버님이 믿을 것은 우리 세 사람, 오늘 우리의 행동이 아버님께 미움을 받을지언정 우리에게 손해가 아닌 것은 그 때문이다. 그러니… 망설일 이유가 없다."

"알겠소, 그렇다면 합시다."

"좋아, 가자!"

세 사람이 서로 한 번 눈을 맞춘 후 신전의 안쪽을 향해 걸음을 옮겼다.

콰르릉!

사방에 몰아치고 있는 벼락과는 다른 소리다. 그러나 그 소리의 강렬함은 벼락 못지않았다.

그 소리에 놀란 신전의 수호무사들이 소리가 터져 나온 쪽으로 달려왔다.

"헉!"

가장 먼저 굉음의 이유를 알게 된 사내가 너무 놀라 자기 입을 자신의 손으로 막았다.

그의 뒤를 이어 장내에 도착한 자들 역시 마찬가지였다.

그들은 도검을 든 채 뿌연 돌가루 속에서 강렬한 기운을 뿜어내고 있는 세 명의 남녀를 보고는 얼어붙은 듯 아무런 말도 행동도 하지 못했다.

그리고 잠시 후 그들 사이를 뚫고 검은 무복을 입은 초로의 노인 한 명이 앞으로 나섰다.

그리고 세 사람과 그들 뒤에 있는 무너진 석단을 번갈아 바라보더니 침착하면서도 단호한 목소리로 말했다.

"이 일은 무황께 전해질 것입니다."

"그리하시오. 그게 이 신전을 지키는 그대의 임무니까."

세 남매 중 맏이의 대답에 검은 무복의 노인이 눈썹을 꿈틀거렸다.

"막지 않으시겠다는 뜻입니까?"

"막는다고 막아지겠소? 여기 있는 모든 사람을 죽여도 우리가 이곳에 온 것은 결국 알려지게 될 터인데."

"무황께서 크게 노하실 겁니다."

"알고 있소."

"그걸 아시는 분들이 왜……?"

"다른 사람들은 몰라도 이안, 그대는 왜 단 의숙이 성에서 사라졌는지 아실 것 아니오? 이 뇌산 신전을 맡고 있으니 말이오."

"대공자!"

이안이라 불린 노인이 놀란 표정으로 맏이인 사내를 바라봤다.

"우리가 모를 거라 생각했소?"

이번에는 아우인 사내가 물었다.

"모두 알고 계시는군요."

"그렇소, 우리라고 눈과 귀가 없겠소?"

"그렇다면 더더욱 신전을 훼손하는 일을 하지 말았어야 하는 것 아닙니까? 주군께서 원하시는 바가 무엇인지 아신다면!"

"우리더러 앉아서 나이 어린 녀석에게 이 아바르를 빼앗기란 말이오?"

"그것이 이 땅과 신혈의 형제들을 위한 무황님의 선택이라면 따르셔야지요."

노인 이안이 단호하게 말했다.

"후후, 역시 그대는 충성스러운 아버지의 전사군. 그러나 미안하게도 우린 아버지께 목숨을 맡긴 그대들, 검은 사자들과는 다르오."

"주군의 진노를 감당하실 수 있겠습니까?"

"그런들 자식을 죽이겠소?"

대공자라 불린 사내가 태연하게 대답했다. 그러자 노인 이안이 어두운 얼굴로 대답했다.

"그야… 모르지요."

*　　　　*　　　　*

번쩍!

눈부신 섬광이 사람들의 눈을 감게 했다.

"지금입니다."

그 섬광 속에서 단우하의 목소리가 들렸다. 잠시 눈을 감았던 적풍과 십자성의 고수들이 단우하의 말에 눈을 떴다.

그리고 그들은 꿈을 꾸듯 기이한 광경과 마주했다.

청색의 벼락이 움직이는 길을 따라 달리기를 이각이 지난 후의 일이었다.

그건 마치 그들 앞에 세상의 뒤를 비추는 거울이 놓인 것과 같은 느낌이었다. 아니면 맑은 물이 수직으로 서 있는 것 같기도 했다.

찰랑이는 공기의 움직임은 옥담의 물결과 다르지 않았다. 그리고 그 공기의 물결 너머, 깊은 안쪽으로 주변의 숲과 어울리지 않는 광경이 꿈결처럼 보였다.

'다시 보는군.'

적풍은 이런 광경을 한 번 경험한 일이 있었다.

십여 년 전, 천하의 고수들이 월하선봉으로 몰려갔을 때, 월문이 지키는 신성한 밀교의 문이 잠시 열렸었다.

그리고 그때 그 문 안쪽을 본 유일한 사람이 바로 적풍이었다. 그런데 오늘 적풍은 다시 그렇게 이 세상과 한 겹으로 겹쳐진, 그러면서도 조금은 비틀어져 있는 또 다른 세상을 보고 있었다.

"가야 합니다. 곧 사라질 겁니다."

쿠르릉!

또 다른 세상을 보여주는 이 맑은 거울 같은 문은 청색 기운의 벽력 세 개가 만들어내고 있었다.

본래 벽력이란 것은 한 번 나타났다 사라지는 것이 찰나지만, 기이하게도 이 세 개의 벽력은 무척 오래 지속되고 있었다.

이것이야말로 밀교의 문 이외에 칠왕의 땅과 이어지는 유일한 공간이 교벽임이 분명했다. 푸른 벼락이 만들어내는 다리라는 뜻의 교벽이란 말이 왜 생겨났는지 그 의미를 정확하게 알 수 있는 광경이었다.

적풍이 설루의 손을 잡더니 그녀를 자신의 품에 안았다.

"혼자 할 수 있어."

설루가 급히 말했다.

"아니, 함께 간다!"

적풍이 짧게 대답을 하고는 그대로 세 줄기의 푸른 벼락이 만든 교벽 안으로 몸을 날렸다.

그러자 그와 그의 품에 안긴 설루의 모습이 순식간에 먼 곳으로 달아나듯 사람들이 시야에서 멀어졌다.

"모두 갑시다. 늦으면 안 되오."

단우하가 소리쳤다.

그러자 십자성의 고수들이 너나 할 것 없이 그대로 교벽을 향해 몸을 던졌다.

직후 다시 한 번 강렬한 벽력이 마니산 참성단에 내리쳤다. 그러자 거짓말처럼 세 줄기의 벽력이 사라지더니 허공에 떠 있던 투명한 거울 같던 교벽 역시 세상에서 자취를 감췄다.

후우웅!

바람이 스쳐 지나는 소리를 들으며 적풍은 설루를 강하게 끌어안았다. 조금이라도 틈을 보이면 설루가 자신으로부터 멀리 날아가 버릴 것 같았다.

가늘게 뜬 눈에 찰나의 순간을 이기지 못하고 변하는 굴곡진 풍경들이 이어졌다.

형상을 제대로 파악할 수 없는 풍경들은, 간혹 들꽃이 즐비한 초원 같기도 하고, 혹은 망망대해를 건너는 것 같기도 했으며, 연옥의 공간처럼 두렵고 어둡다가도, 몸이 타버릴 정도로 뜨거운 열기가 느껴지는 태양 아래에 있는 것 같기도 했다.

그러나 그런 모든 일들보다 더 적풍을 힘들게 하는 것은 시간의 흐름이었다.

그로서는 교벽 안으로 뛰어든 것이 아주 오래전처럼 느껴지다가도, 그것이 아니라 아주 짧은 순간, 그가 눈 한 번 감았던 바로 그 전쯤으로 생각되어지기도 했다.

환상이려니 생각되다가도 온몸을 옭죄는 이 강렬한 압력과 날아갈 듯한 강렬한 바람은 지금 그가 꿈을 꾸고 있는 것이 아니라는 것을 증명해 주기도 했다.

'제길!'

한순간 단우하를 따라 칠왕의 땅으로 올 것을 결심한 것이 후회됐다. 이 실체를 알 수 없는 변화 속에서 그의 진기가 서서히 흩어지는 것 같은 느낌이 들기까지 했다.

이러다가는 설루를 놓치고 결국에는 그 자신조차 헛껍데기만 남을 것 같았다.

적풍이 자신도 모르게 눈을 감았다. 자포자기까지는 아니더라도 이 격변하는 시간과 공간의 흐름에 반항하는 것이 무모하게 느껴졌기 때문이다.

그래서 자신의 힘을 오직 설루를 안는 데만 집중한 적풍은 눈을 감고 운명이 자신을 데려가는 대로 그 흐름에 몸을 맡겼다.

그리고 그 순간 놀랍게도 그에게 가해지던 그 모든 변화의 압력이 사라지며 발에서 무릎까지 올라오는 차가운 기운을 느겼다.

'이건 또 뭐지?'

적풍이 물속에 들어온 듯한 냉기에 적풍이 천천히 눈을 떴다. 그리고 그 자신이 정말 무릎 정도 높이의 물속에 설루를 안고 서 있다는 것을 깨달았다.

"온 건가?"

적풍이 자신도 모르게 중얼거렸다.

그리고 그 순간 그의 곁으로 십자성의 고수들이 허공에서 떨어진 것처럼 나뒹굴며 나타났다.

"욱!"

"커억!"

낮게 흐르는 급류 위에 떨어진 십자성의 고수들이 저마다 비명을 지르며 비틀거렸다.

그리고 가장 늦게 단우하가 모습을 드러냈다.

"음!"

단우하의 입에서도 나직한 신음소리가 흘러나왔다. 그러면서도 단우하가 재빨리 주위를 살폈다. 그러다가 한순간 절망에 빠진 사람처럼 얼굴이 일그러졌다.

적풍은 그런 단우하의 표정 변화를 그가 나타나는 순간부터 지켜보고 있었다.

그리고 그의 표정에서 한 가지 사실을 깨달았다.

'뭔가 잘못됐군.'

*　　　　*　　　　*

수백 년은 자란 듯한 까마득한 나무들과 높이를 경쟁하듯 높게 솟은 망루 위에서 노인은 밝아오는 북쪽 하늘을 응시하고 있었다.

그러다가 나직하게 중얼거렸다.

"뭔가 잘못됐군."

천하를 향해 울부짖던 벼락들이 멈춘지도 벌써 여러 날, 그러나 기다리던 소식은 오지 않았다.

폭풍이 가고 날이 맑아 온다는 것은 대부분의 사람들에게 즐거운 소식이지만 노인에게는 결코 좋은 소식이 아니었다.

"이 선택은 사라진 건가?"

노인이 무거운 음성으로 다시 입을 열었다.

그때 갑자기 성루 아래서 한 노인이 몸을 날리더니 노인 뒤쪽에 시립했다.

"주군."

"소식이 왔나?"

의기소침하던 노인이 한가닥 희망의 눈빛을 보이며 급히 물었다.

"오기는 했는데… 그것이……."

소식을 전하러 온 노인이 말꼬리를 흐렸다.

"말하라."

성루 위에 서 있던 노인이 명했다. 그 순간 그에게서 흘러나온 검은 기운이 주변을 어둠으로 물들이며 퍼져나갔다.

"뢰산에서 소식이 왔습니다. 그런데… 이곳에 들렀던 세 자제분들께서 각자의 성으로 돌아가지 않고 뢰산으로 갔던 모양입니다."

"그놈들이?"

"그렇습니다. 처음에는 주군과 아바르의 번영을 위해 제를 올리겠다고 했기에 신전을 지키는 전주 이안도 출입을 막을 수 없었다고 합니다. 그런데……."

"그놈들이 무슨 짓을 한 거냐?"

노인이 사자와 같은 음성으로 물었다.

"단 노형께서 교벽을 통해 돌아오기 위해 만들어놓았던 제단을 훼손한 모양입니다."

"이놈들이!"

"고의인지는 모르겠으나……."

"어리석은 소리. 놈들이 교벽의 출구를 막기 위해 제단을 훼손한 것이다. 이놈들! 뢰산 신전이 나와 나의 전사들, 그리고 아바르의 백성들에게 어떤 의미인지 모르지 않을 터, 고의가 아니라면 절대 일어날 수 없는 일이다."

노인이 분노로 몸을 떨며 노성을 토해냈다.

"이제 이 일을 어찌해야 할지……."

"제단이 훼손되면 교벽을 출구가 어디에 열릴지 알 수 없다. 그리고 교벽을 통과한 자의 몸과 마음이 크게 상했을 가능성이 많다. 만약의 경우 칠왕의 땅 밖에 출구가 열렸다면 귀환은 어려울 수도 있을 것이다. 운이 좋아 칠왕의 땅 안에 있다면 시간이 걸리겠지만 날 찾아오겠지. 하지만… 과연 그 아이가 제대로 자신을 보호했을지 모르겠군."

"사람을 움직일까요?"

"어디 있는 줄 알고 사람을 움직이겠는가?"

"그래도 이렇게 그냥 내버려 둔다는 것은 소공자를 포기한다는 뜻과 같습니다."

"천명에 맡긴다. 그 아이에게 이 땅을 지배할 운이 있다면 올 것이고, 아니면 어쩔 수 없는 일이지."

"……."

수하가 말이 없자 노인이 그를 슬쩍 보며 물었다.

"내가 너무 매정하다고 생각하는가?"

"유독 소공자께만 그리 되시는 것 같습니다. 물론 일이 그리 되려니 일어난 일입니다만……."

"나도 그건 아쉽다. 하지만 어쩔 수 없는 일이지. 아무튼 이리 된 이상 대원정은 시작해야 할 것 같군."

노인이 몸을 돌려 성 아래 먼 땅을 보며 중얼거렸다.

"세 분 자제분들을 어찌 할까요?"

"그놈들과 삼후까지 모두 부른다. 한 달 안에 각 성의 전사 삼분지 일을 이끌고 오라고 전해. 늦는 자는 목을 벤다!"

"알겠습니다. 그리 전하겠습니다."

대답을 한 수하가 올라올 때처럼 계단을 놔두고 그대로 몸을 날려 성루 아래로 내려갔다.

그러자 노인이 침울한 표정으로 중얼거렸다.

"유하, 미안하오. 언제나 당신에겐 죄를 짓는군. 곧 당신을 만나러 갈 거요. 그때… 날 용서치 마시오."

*　　　*　　　*

절벽 위로 올라온 적풍이 한숨을 내쉬었다.

동남쪽으로 길게 이어진 모래사막과 북서쪽으로 어둠이 내린 듯 웅크리고 있는 검은 숲이 묘하게 대조를 이루며 길게 세상을 두 갈래로 갈라놓고 있었다.

— 저도 잘 모르겠습니다, 죄송합니다.

단우하의 입에서 결국 그 말이 흘러나왔을 때, 적풍은 사자검을 들어 그의 목을 칠 뻔했다.

그나마 그가 이 땅에 대한 정보를 줄 수 있는 유일한 인물이 아니었다면 적풍은 분명 단우하의 목을 쳤을 것이다.

단우하는 충분히 목숨을 잃을 만한 잘못을 저질렀다.

교벽을 통과한 그들이 아버지 전마 적황, 혹은 이 땅에서는 무황이라거나, 검은 전사들의 왕, 그도 아니면 아바르의 제왕으로 불리는 적황의 성과 보름 거리의 뇌산 신전에 도착할 거란 단우하의 약속과 달리 적풍 일행은 단우하조차도 정확한 위치를 알 수 없는 사막과 숲의 경계에 떨어진 것이다.

그러나 그뿐이면 단우하의 목을 치려고까지는 하지 않았을 것이다.

가장 결정적인 문제는 칠왕의 땅에 도착한 십자성 고수들의 상태였다.

단우하의 말대로라면 약간의 진기 소모 정도로 끝나야 했을 교벽의 여행은 생각보다 심각한 후유증을 십자성 고수들에게 안겨주었다.

이 기이한 땅에 도착한 것이 벌써 닷새, 그 닷새 동안 몸을 회복한 사람은 겨우 넷에 지나지 않았다.

나머지 여섯은 아직도 움직이지 못할 정도였고, 그중에서도 젊은 축에 속하는 세 명은 목숨이 위태로운 지경이었다.

아마 그중 한 명만 죽었어도 적풍은 참지 않았을 것이다. 단우하의 목이 남아 있는 것은 그나마 죽은 사람이 없기 때문이었다.

"뭘 해?"

문득 하늘을 가리듯 안쪽으로 깊게 파여 들어간 절벽 위로 설루가 올라왔다.

그나마 숲에서 이어진 작은 계곡이 있고, 그 계곡 주변으로 사람이 머물 만한 초지와 절벽 안쪽의 아늑한 공간이 있어서 며칠째 일행은 절벽 아래서 생활하고 있었다.

"좀 답답해서."

적풍이 동남쪽 사막을 보며 말했다.

"저쪽이라고 했지?"

설루가 사막을 가리키며 물었다.

"그 말도 지금은 믿을 수가 없어."

"그래도 어쩔 수 없잖아?"

설루가 어깨를 으쓱거렸다.

"사람들은 어때?"

"다른 사람들은 조금 더 지나면 회복할 수 있겠지만, 금화와 와한 그리고 파간은 어찌 될지 모르겠어. 죽지는 않을 것 같은데 무공을 회복할 수 있을지는… 처음 보는 증상이라서……."

설루가 말꼬리를 흐렸다.

천의비문의 신비로운 의술을 전승한 설루가 비관적으로 말할 정도면 세 사람의 상태가 무척 좋지 않다는 의미였다.

"큰일이군. 어디로든 가려면 그 아이들이 회복되어야 하는데……."

"그러게 말이야. 그러고 보니 갑자기 화가 나네."

"뭐가?"

"단 노사 말이야. 좀 전에 은밀히 이런 말을 하더라고. 하루라도 빨리 이곳을 떠나 사막을 건너야 한다고."

"떠나지 못할 사정인 것은 그자가 더 잘 알 텐데 왜 그런 소리를 하지?"

"결국 아이들을 이곳에 두고 떠나자는 거지. 아이들을 데리고는 사막을 건널 수 없으니까."

"후후, 그자가 정말 죽고 싶은 모양이군."

적풍이 실소를 흘렸다.

그러자 설루가 계속 말을 이었다.

"그러면서 이런 말을 하더라고. 이 땅에서는 병든 자와 부상당한 자는 남겨두는 것이 보통이라고."

"마음에 들지 않는 땅이야. 벌써… 십자성이 그립군."

적풍이 바람 한 점 없는 사막을 보며 말했다.

"맞아, 쉽지 않은 땅이야."

설루가 고개를 저으며 말했다.

"일단, 아이들을 회복시키는데 주력하자고. 이곳에 대해서는 차차 알아가기로 하고. 오래 기다려야 한다면 아예 나무를 잘라다 집이라도 지어야겠지."

"알았어."

설루가 고개를 끄떡였다.

적풍과 설루는 제법 오랫동안 절벽 위에서부터 사막을 바라보다 해가 질 무렵 절벽 아래로 내려왔다.

해가 뜨고 지는 것만큼은 칠왕의 땅도 똑같았다. 시간의 흐름이 같다는 것은 생각보다 사람을 편하게 해준다. 그것조차 달랐다면 아마도 일행은 지금보다 훨씬 어려운 상황에 처해 있었을 것이다.

"감문은?"

절벽 아래, 안쪽으로 깊이 파여 들어간 곳에 위치한 숙영지로 들어가며 적풍이 물었다.

"사냥이라도 해오시겠다고 숲에 갔습니다."

소두귀가 지친 표정으로 대답했다.

"몸은 어떤가?"

"저야 뭐… 아이들이 걱정이죠."

소두귀가 고개를 돌려 나무로 얽은 침상 위에 누워 있는 세 명의 젊은이를 보며 말했다.

이제 스물을 갓 넘긴 세 젊은이 중 한 명은 여인이고, 다른 두 명은 사내들이었는데, 모두들 깊은 잠에 빠져 있는 듯 움직임이 없었다.

설루는 어느새 침상으로 다가가 세 젊은이를 살피기 시작했다.

그러자 여인 옆에 앉아 있던 몽금이 자리에서 일어나며 입을 열었다.

"다행히 호흡은 안정이 된 것 같습니다만……."

몽금의 말을 들으며 설루가 젊은 여인의 맥을 짚었다. 그러고는 잠시 후 고개를 끄덕이며 말했다.

"다행이군요. 가장 먼저 깨어나겠어요."

"아, 정말요?"

몽금이 기쁜 얼굴을 하면서도 믿지 못하겠다는 듯 되물었다.

"아침보다 훨씬 좋아요. 맥이 안정되었으니 이젠 침과 뜸을 제대로 쓸 수 있을 것 같아요."

"다행인데 이상한 일이네요. 금화의 무공은 와한이나 파간에 비하면 조금 모자라는 수준인데 셋 중 가장 먼저 안정이 되다니."

몽금이 고개를 갸웃했다.

그러자 설루가 웃으며 되물었다.

"언니는 정말 그 이유를 모르시겠어요?"

"전 주모님처럼 의술에 능하지 않아서……."

"이 모든 것은 몽언니 덕분이에요."

"저 때문이라니요?"

"와한과 파간은 홀로 교벽을 통과했지만 금화는 언니가 보호를 해주었잖아요."

"보호랄 것까지는 없는데……."

"이 아이는 언니 뒤에서 교벽의 충격들을 제법 피할 수 있었어요. 그래서 그나마 셋 중 가장 나은 것이죠."

"내 덩치가 도움이 되었다는 말이군요? 호호, 가끔 이 큰 몸이 쓸모가 있기도 하네요."

몽금이 기분 좋은 웃음을 터뜨렸다.

그런데 그때였다. 갑자기 숲 쪽에서 괴상한 소리가 터져 나왔다.

꽤애액!

처절한 야수의 비명 소리 같기도 하고 혹은 사람의 비명 같기도 했다. 그 소리가 들리는 순간 적풍과 몇 명의 십자성 고수들이 벼락처럼 소리가 난 쪽으로 달려갔다.

"허억, 허억! 뭐 이런 괴물이 다 있어!"

무사치고는 자그마한 몸집이지만 신혈을 지닌 십자성의 고수라 강한 완력을 지니고 있는 감문이 질린 듯 혀를 내두르며 자신 앞에서 비틀거리는 사나운 짐승을 노려보며 중얼거렸다.

군데군데 옷이 찢어지고 찢어진 옷 속으로 선혈이 비친다. 그러나 그의 앞에 있는 멧돼지와 들소를 섞어 놓은 듯한 야수의 사정은 더 좋지 않았다.

쇠망치처럼 단단하고 두꺼워 보이는 네 개의 다리 중 하나는 잘려 나가 있었고, 그나마 몸을 지탱하는 세 개의 다리 중 두 개는 검에 베어져 제 역할을 하지 못했다.

사나운 모양의 어금니 두 개가 삐져나온 입에서는 연신 붉은 피를 흘리고 있었는데, 그 와중에도 야수는 감문을 향해 달려들려는 듯 계속해서 다친 다리로 땅을 긁고 있었다.

그러나 야수와 사람의 싸움은 이미 끝난 것이나 마찬가지였다. 다리를 잃은 야수에게 당할 무림 고수는 없다.

"후욱! 제길… 오랜만에 고기 한번 푸짐하게 먹겠군."

감문이 거친 숨을 몰아쉬며 검을 고쳐 잡고 야수를 향해 다가가기 시작했다.

예상치 못한 거친 반항에 몸에 상처를 입기는 했지만 오늘 수확은 그런대로 만족할 만했다.

이 정도 크기의 사냥감이라면 동료들이 십여 일은 배불리 먹을 수 있을 것이다. 이 기이한 땅에 온 뒤 처음으로 포식을 할 수 있는 사냥에 성공한 것이다.

"미안하지만 네놈의 운명은 여기까지다."

감문이 여전히 야수의 본성을 드러내며 으르렁대고 있는 사냥감의 이마에 도를 겨눴다.

그런데 그 순간 감문은 뭔가 싸늘한 기운들이 자신을 덮쳐오는 것을 느꼈다.

감문이 검으로 야수를 겨눈 채 고개를 들었다. 순간 소리보다 빠르게 그를 향해 돌진하는 야수들이 그의 눈에 들어왔다. 그의 검에 상처입고 쓰러진 놈과 같은 생김새다.

순간 감문은 자신이 큰 위험에 빠졌다는 것을 직감했다.

이 사냥감에게는 무리가 있었다. 그리고 이놈들은 사냥꾼을 두려워하지 않았다.

"제길!"

감문의 입에서 욕설이 흘러나왔다.

"크르릉!"

그를 향해 돌진하는 야수들과의 거리가 급격하게 좁혀졌다.

감문이 고개를 들었다.

하늘을 뚫고 나갈 것처럼 높게 솟은 침엽수들이 눈에 들어온다.

팟!

감문이 망설이지 않고 땅을 차며 몸을 날렸다. 그의 몸이 화살처럼 하늘로 솟구쳤다.

"크앙!"

순간 그의 발밑으로 아슬아슬하게 십여 마리의 야수들이 스치고 지나갔다.

쿵!

개중 몇 마리가 감문의 뒤에 있던 나무들을 들이받았다.

쩌적!

두께가 얇은 나무들은 야수의 힘을 이기지 못하고 부러져 나갔다.

그러나 다행히 감문이 오른 나무는 야수의 힘을 이겨냈다.

"크르릉!"

야수들이 감문이 올라 있는 나무를 에워쌌다. 그러고는 자신들을 내려다보고 있는 감문을 향해 으르렁대기 시작했다.

"정말 사납게 생긴 놈들이군. 그나저나 어떻게 이곳을 벗어난다?"

감문이 나무 위에서 난감한 표정으로 중얼거렸다.

나무 아래로 내려가 십여 마리의 야수를 상대할 수도 있었다.

놈들의 힘을 몰랐을 때라면 몰라도 그 위험을 알고 있는 지금은 놈들을 상대할 수도 있을 것이다.

하지만 이상하게도 망설여졌다.

신혈족의 힘과 그간 수련한 무공으로도 놈들을 상대하는 것에 뭔가 꺼려지는 것이 있었다.

마치 놈들을 상대하자면 자신도 심각한 부상을 입을 수 있다는 예감이 들었다.

자세히 보면 이놈들은 무림 고수만큼 빠르고 강한 힘을 지니고 있었고, 무리 사냥에 유리한 대형을 갖추고 있었다. 다시 말해 평소에도 무리를 지어 사냥을 해왔다는 뜻이다.

"크르응"

감문이 나무 위에서 이러지도 저러지도 못하고 있을 때, 갑자기 야수의 무리 중 다른 놈들보다 한 뼘 정도는 더 덩치가 큰 놈이 으르릉거렸다. 그러자 기다렸다는 듯이 야수들이 감문이 올라 있는 나무를 머리로 들이받기 시작했다.

쿵쿵쿵!

도끼로 나무를 패듯 야수들이 거칠게 나무를 찍어댔다. 어떤 놈들의 머리에선 피가 흐르기도 했다. 그러나 야수들은 자신의 몸이 상하는 것에 개의치 않고 무지막지하게 송곳니를 드러내고 나무를 향해 돌진했다.

쩌적!

급기야 하단에서 나무 갈라지는 소리가 들리기 시작했다.

"좋다, 이놈들! 해보자는 말이지? 내 비록 팔다리 하나 부러지는 한이 있어도 네놈들 모두 죽여주마!"

감문이 노기를 드러내면서 머리에 매고 있던 머리띠를 풀어 검을 쥔 손과 검을 하나로 단단히 동여맸다.

야수들과의 싸움이 쉽게 끝나지 않을 것임을 예상하고 악력이 약해질 때를 대비한 행동이었다.

쩌어억!

그사이 급기야 절반 이상 찢어진 나무가 남쪽을 향해 쓰러지기 시작했다.

그 순간 감문이 몸을 날렸다.

"놈!"

벼락처럼 날아 내린 감문이 야수들의 우두머리로 보이는 놈의 정수리를 검으로 가격했다.

늑대와 같이 집단 사냥을 하는 무리들을 상대할 때 가장 좋은 방법은 그 우두머리를 죽이는 것이다.

우두머리만 죽이면 나머지 놈들은 도주하게 마련, 그 이치를 알고 있는 감문이 야수의 우두머리를 공격한 것은 당연한 일이었다.

콰아아!

감문의 검이 만들어내는 파공음이 폭포수처럼 일어났다. 그의 검에 흐리지만 검기의 기운도 엿보였다.

천근의 힘을 실은 검을 벽력의 속도로 내리치는 감문의 공격은 아무리 사납다 해도 미물인 짐승이 버텨낼 수 있는 것이 아니었다.

그래서 야수의 정수리가 감문의 검에 반으로 갈라지려는 찰라 야수가 놀라운 속도로 직각으로 몸을 틀어 왼쪽으로 움직였다.

"어림없다."

감문이 마치 야수의 움직임을 예상하고 있었다는 듯 수직으로 떨어지던 검을 횡으로 꺾었다.

그러자 이번에는 야수의 다리가 도에 노출됐다.

그런데 야수의 두 다리가 단번에 감문의 검에 잘려 나가려는 순간, 갑자기 좌우에서 두 마리의 야수가 감문을 들이받았다.

마치 무림 고수들이 연환의 합격을 하듯 감문의 빈틈을 노리고 파고드는 야수들의 맹렬한 기세에 감문이 급히 도를 회수하며 뒤로 몸을 뺐다.

파팟!

감문이 바람처럼 뒤로 몸을 빼 자세를 바로 잡고 다시 야수들을 향해 검을 겨누었다.

그런데 그 순간 감문은 등 뒤에서 지금까지와는 전혀 다른 전율적인 기운이 다가오는 것을 느꼈다.

감문이 재빨리 뒤를 돌아봤다. 그러자 놀랍게도 다른 야수들의 두 배는 됨직한 거대한 몸집을 가진 놈이 불꽃을 담은 눈길로 감문으로 노려보고 있었다.

"음!"

감문도 이번만큼은 긴장하지 않을 수 없었다.

"이제 보니 두목은 따로 있었구나."

감문이 나직하게 중얼거렸다. 지금까지 야수들을 움직였던 놈은 우두머리가 아니었다. 우두머리는 어둠 속에서 장내의 상황을 주시하며 조용히 무리를 지휘하고 있었던 것이다.

감문의 눈이 가볍게 흔들렸다.

이놈은 다르다.

다른 야수들과는 확연히 다른 체구 때문이 아니었다. 이놈의 움직임은 신중하고 무거웠다. 그러면서도 두 눈에서 흘러나오는 광채는 절대고수의 그것처럼 압도적이다.

"제길!"

감문이 자신도 모르게 욕설을 내뱉었다. 그 스스로 놈의 기세에 꺾이고 있다는 생각이 들었던 것이다.

"크르르!"

놈의 입에서 끈적한 소리가 흘러나왔다. 놈의 시선이 스치듯 감문에게 죽은 동료를 살펴봤다. 그러고는 다시 시선을 돌려 불같은 눈으로 감문을 노려봤다. 복수를 약속하는 눈이다.

"놈! 한번 덤벼봐라."

감문이 두 손을 검을 말아 쥐며 소리쳤다.

놈이 아무리 특별하다해도 야수는 야수다. 짐승이 감히 무공, 그것도 신혈족의 특별한 능력으로 수련한 감문의 무공을 상대할 수는 없다는 오기가 생긴 것이다.

그런 감문을 응시하며 야수의 우두머리가 가볍게 소리를 냈다.

"그릉!"

그러자 우두머리의 등장으로 잠시 뒤로 물러났던 야수들이 재차 감문을 포위하기 시작했다.

감문이 다시 두려움에 휩싸였다. 이 우두머리는 확실히 특별했다. 어쩌면 감문이 보통 사람 이상의 능력을 지닌 존재라는 것을 알아챘는지도 모른다.

그래서 자신을 홀로 상대하는 대신 무리지어 상대해야 한다고 판단한 듯싶었다.

"머리까지 쓴단 말이지, 후우!"

감문이 새삼스레 투기를 일으키며 호흡을 가다듬었다.

감문은 신혈족이다. 신혈의 가장 큰 특징은 피로서 물려받은 특별한 능력이 아니다. 그것보다는 싸움에 임하는 투기, 일단 싸움이 시작되면 두려움을 묻어버리고 승부를 위해 목숨을 걸고 온몸을 불사르는 바로 그 투기가 신혈족의 가장 큰 특징이었다.

감문의 몸에서 신혈의 특별한 투지가 솟구치기 시작했다.

"와라!"

감문이 자신을 에워싼 야수들을 향해 소리쳤다. 그리고 야수들은 감문의 그런 도발에 반응했다.

"크앙!"

찢어지는 듯한 포효와 함께 야수들이 감문을 향해 달려들었다. 순간 감문의 검이 허공을 갈랐다.

팟!

한 줄기 선혈이 터져 나오며 야수 한 마리의 목이 반쯤 베어졌다.

사냥이 아닌 생사전, 더군다나 방심할 수 없는 힘을 가진 놈들이라면 감문 역시 능력을 아낄 이유가 없었다.

그래서 감문의 검은 앞서 사냥을 하던 그때의 검이 아니었다.

푸릇한 검기에 휘감긴 감문의 검이 허공을 가를 때마다 야수들이 땅 위에 나뒹굴었다.

그러나 야수들의 반격 역시 만만치 않았다. 한 놈의 목이 베어져 너덜거릴 때조차도 다른 놈은 감문의 다리를 물어 왔고, 그걸 피해내는 감문에게 또 다른 놈이 덮쳐왔다.

야수들의 움직임은 일류 고수 못지않아서 세 마리의 야수를 베어 넘기는 동안 가문 역시 등과 허벅지에 스치듯 부상을 입고 말았다.

그런데 한순간 목숨을 건 혈투를 벌이는 동료들을 묵묵히 지켜보고 있던 야수의 우두머리가 조용히 움직이기 시작했다.

놈은 나무 그늘이 만든 어둠을 따라 빛이 없는 공간으로 걷더니 한 번의 도약으로 감문을 공격할 수 있는 곳에서 걸음을 멈췄다.

그리고 앞다리를 낮게 내리고 감문을 향해 뛰어들 순간을 노리기 시작했다.

"크앙!"

거의 동시에 감문의 검이 좌에서 우로 사선을 그리며 떨어지자 두 마리 야수가 거의 동시에 목덜미와 다리에 상처를 입고 뒤로 물러났다. 그러자 그 순간을 놓치지 않고 다른 야수 두 놈이 감문의 옆구리와 머리를 향해 검처럼 날카로운 송곳니를 내밀고 달려들었다.

"오냐, 모두 죽여주마!"

야수들의 피로 피투성이가 된 감문이 검을 고쳐 잡고 야수들을 향해 뛰어 올랐다.

그런데 그 순간 감문은 자신의 등 뒤에서 거대한 어둠이 밀어닥치는 느낌을 받았다.

그리고 본능적으로 그 어둠의 정체를 알아챘다.

"제길!"

감문의 입에서 욕설이 흘러나왔다. 야수들의 무리 공격을 상대하느라 놈들의 우두머리가 어둠을 타고 움직였음을 눈치채지 못했던 것이다.

감문이 도를 휘둘러 앞에서 닥쳐드는 야수들을 밀어낸 후 재빨리 몸을 틀었다.

순간 그의 눈에 하늘을 다 가릴 듯한 체구를 지닌 야수의 불덩이 같은 눈이 보였다.

그리고 도저히 막을 수 없을 것 같은 그 불덩이를 향해 날아드는 한 줄기 검은 빛도 보였다.

제8장
빛의 경계

크앙!

검은 빛에 머리를 관통당한 야수가 어둑해지는 하늘을 향해 울부짖었다.

처절한 야수의 울부짖음이 검은 숲을 뒤흔들었다.

사람과 야수 모두가 야수의 비명소리에 질려 공포감에 사로잡혔다. 그러나 단 한 사람은 예외였다.

적풍은 전왕의 검에 찔려 울부짖으며 죽어가는 야수를 묵묵히 바라볼 뿐 전혀 두려운 빛을 보이지 않았다.

버둥거리는 발에 스치기만 해도 적지 않은 부상을 입을 것 같았지만 적풍은 한 자 거리도 안 되는 곳에서도 버둥거리는 놈을 피하지 않았다.

대신 그는 놈이 비명을 멈추고 숨이 멎을 때까지 놈의 머리에 꽂힌 전왕의 검을 틀어 쥔 채 야수의 움직임을 제어했다.

"크릉크릉!"

야수의 비명이 점점 약해졌다. 그리고 드디어 숨이 잦아지더니 결국 더 이상 버티지 못하고 땅 위에 너부러졌다.

우두머리가 죽자 야수의 무리들이 거짓말처럼 어두운 숲 속으로 도망쳤다.

그러자 숲에 갑작스러운 정적이 찾아왔다.

"성주!"

죽음 앞에서 살아난 듯, 황망한 와중에도 감문이 적풍을 향해 가볍게 고개를 숙이며 정적을 깼다.

"많이 다쳤나?"

"아닙니다, 그저 거죽이 상한 것뿐입니다."

감문이 대수롭지 않다는 듯 피 흐르는 상처들을 손으로 쓱쓱 문질렀다.

"가서 치료해. 이 땅에선 일단은 작은 상처도 조심해야 한다."

"알겠습니다."

감문이 순순히 대답했다.

"돌아간다."

적풍이 앞서서 걸음을 옮기자 그를 따라온 이위령이 감문에게 다가서며 물었다.

"형님 정말 괜찮수?"

"걱정 말라니까. 아무것도 아냐."

"참, 사나운 땅에 사나운 짐승들이오."

조어장이 죽어 있는 야수들을 보며 중얼거렸다.

"큰 놈을 가져갑시다. 다 가져가 봐야 먹기 전에 썩을 터인데……."

감문이 말했다. 그러자 조어장이 고개를 저으며 대답했다.

"그건 모르는 말씀이오. 이 숲에서야 썩겠지만 절벽 위 사막 쪽에서 말리면 좋은 건포가 될 거요."

"아, 그런가?"

"길을 떠나게 되면 양식이 필요할 테니 모두 가져가 손질을 합시다."

조어장의 말에 감문도 고개를 끄떡였다.

"알았네, 그리하세."

그러자 이위령이 적풍의 손에 죽은 야수의 우두머리를 어깨에 들춰 맸다. 보통 사람이라면 장정 서넛이 들기도 어려울 크기의 야수를 이위령은 거뜬히 들어 올렸다.

"이놈은 내가 들겠소."

"그러게, 참 대단한 놈이야."

감문이 자신을 죽음 일보직전까지 몰아넣었던 야수를 보며 고개를 절래절래 흔들었다.

"우리는 저우라고 부르고, 원주족들은 쿠쿠라고 부르는 놈이네."

감문 등이 사냥한 거대한 야수를 가지고 왔을 때 단우하가 한 말이다.

"저우라면 돼지나 소란 말이군요."

설루가 신기한 듯 포악스러운 모습으로 누워 있는 야수를 보며 말했다.

"그렇지요. 칠왕이 이 땅에 뿌리를 내린 이후 이 땅에 존재하는 대부분의 것들에는 우리가 쓰는 말대로 이름을 붙였지요. 이놈에게 저우라는 이름이 붙은 것은 돼지와 소가 반반 섞여 있는 듯한 모습 때문에 그리 부르게 된 것입니다."

"그런데 왜 그런 표정이죠?"

설루가 단우하의 얼굴을 보며 물었다. 이 기이한 짐승 저우에 대해 설명을 하면서 단우하의 표정이 어두워졌기 때문이었다.

물론 교벽을 통과한 후 그가 예상했던 곳과 전혀 다른 곳에 도착한 이후 단우하의 표정은 늘 어두웠다.

하지만 저우를 보고 난 이후에는 거의 절망적이 표정을 짓고 있는 단우하였다.

"내가 잘못 생각한 것 같습니다."

단우하가 대답했다,

"뭘 말인가요?"

"이곳의 위치말입니다."

단우하의 대답에 적풍은 물론 십자성의 고수들의 시선이 일제히 단우하에게로 향했다.

"자세히 말씀해 보세요."

설루가 단우하의 말을 재촉했다. 자신들이 어디에 있는가는 모두의 관심사일 수밖에 없었다.

단우하가 그런 사람들의 시선을 의식한 듯 잠시 망설이다가 결국 한숨을 쉬며 말했다.

"본래 아바르는 칠왕의 땅 남동쪽에 있습니다. 주군께서 머무시는 성은 아바르에서도 동쪽 끝에 치우쳐 있지요. 본래 우리가 도착했어야 할 뢰산 신전은 주군이 머무시는 검은 사자들의 성에서 북동쪽으로 십여 일 거리에 있습니다. 뢰산에서 다시 북쪽으로 올라가면 사람이 살 수 없는 거대한 사막이 나오지요. 그 사막을 횡단하면 누구도 여행해 보지 못한 거대한 숲이 나옵니다. 전 우리가 그 숲의 초입에 있다고 생각했습니다. 비록 사막이 가로막고 있지만 남쪽으로 이동하면 적어도 두어 달 안에 주군을 뵈올 수 있다고 생각한 거지요."

"그런데 그 추측이 틀렸다는 거군요."

"그렇습니다."

"그럼 여긴 어딘가?"

적풍이 물었다.

"저우는… 칠왕의 땅에 존재하지 않은 놈입니다. 이놈들의 주 거주지는 카말이지요. 칠왕의 땅에 살던 놈들은 모두 사냥되어 멸종한 것으로 알려졌습니다. 물론 간혹 한두 마리가 나타날 수는 있으나 이렇게 집단적으로 나타났다는 것은 역시……."

"그럼 여기가 카말이라는 곳이란 겁니까?"
마른 피를 씻어내고 상처를 살피고 있던 감문이 물었다.
"그러네."
"위치가 어디쯤이오?"
다시 적풍이 물었다.
"아바르와는 족히… 서너 달은 걸리는 곳이지요. 그것도 아무 방해 없이 여행할 때 말입니다. 칠왕의 땅이 인간의 거주지로서 선택받은 이유는 이족이나 야수들의 침범이 쉽지 않기 때문입니다. 왜냐면 동북쪽과 서북쪽이 모두 거대한 사막에 막혀 있기 때문이고, 남쪽으로는 대해와 연해 있기 때문이지요. 그런데 아무리도 이곳은 서쪽의 사막 너머인 듯합니다."
단우하게 말했다.
"동북쪽 사막이나 서쪽 사막이나 거리가 좀 더 멀어진 것 빼고는 달라질 것이 없지 않나요?"
설루가 물었다.
"그게 그렇지가 않습니다. 이 서쪽 사막을 원주족들은 쿰이라고 부르고 우리는 태양의 사막이라고 부릅니다. 그만큼 다른 어떤 곳보다 뜨겁고 긴 사막이란 뜻이지요. 더군다나 칠왕의 땅 서쪽에 위치해 있기에 주군을 만나려면 주군과 적대적 관계에 있는 몇 개의 성을 지나가야 합니다. 그러니……."
"위험한 자들이오?"
적풍이 물었다.
"그렇… 습니다."

"얼마나?"

"우리가 아바르로 간다는 것을 안다면, 아니 제가 주군의 심복 중 한 명이라는 것을 안다면 그들은 반드시 우릴 죽이려 할 겁니다. 더군다나……."

단우하가 잠시 말을 끊었다. 사람들의 시선이 여전히 그에게서 떠날 줄을 모른다. 그러자 그 기세에 눌린 듯 단우하가 다시 입을 열었다.

"더군다나 그들 중에는 칠왕의 세력도 있지요. 만약의 경우 칠왕 중 어느 한 세력에게 잡혀 그들의 성에 끌려간다면 반드시 전왕의 검을 가지고 있다는 것이 드러날 겁니다. 왜냐하면 칠왕의 검은……."

"서로 교감하니까."

적풍이 단우하의 말을 대신했다.

"알고 계시는군요?"

단우하가 놀란 표정으로 되물었다.

적풍에게는 단우하가 모르는 사실 하나가 있었다.

일부러 숨긴 것은 아니지만, 적풍에게 과거 칠왕의 땅에서 칠왕의 왕국 중 한곳이었던 불의 성의 후계자이자 무림에서 지왕종문의 주인으로 알려진 우다문에서 빼앗은 불의 검이 있다는 사실을 단우하는 모르고 있었다.

불의 검을 얻을 당시 적풍은 이미 이 기이한 검들이 서로 교감을 한다는 사실을 알아냈었다.

"알고 있소."

"역시 월문에서 말해준 것이군요."

단우하의 물음에 적풍은 달리 대답하지 않았다.

우서한이 그런 이야기를 한 적이 없었지만, 그렇다고 굳이 부인할 필요도 없기 때문이었다. 불의 검은 존재는 가능한 단우하가 모르는 편이 좋았다.

"아무튼 그래서 칠왕의 영역을 통과하는 것은 극히 어려운 일이 될 것입니다."

단우하가 말을 이었다.

"다른 길은 없소?"

적풍이 물었다.

그러자 단우하가 잠시 생각에 잠겼다가 대답했다.

"사막 남쪽으로 여행하는 방법도 있기는 합니다. 그럼 결국 대해가 나오게 될 텐데 그곳에서 배를 타고 아바르 남쪽 하구에 닿는 길이 있긴 하지요. 하지만……."

"바닷길이라면 방해도 없고 더 편한 것 아닙니까?"

소두괴가 물었다.

"그렇지가 않다네. 그 길은 일단 시간이 오래 걸리네. 아마 적어도 육로를 통하는 것보다 배는 더 걸릴 걸세. 더군다나 바다를 여행할 배를 구하기는 요원하니 만들어야 하는데 그걸 과연 만들 수 있을지 모르겠네."

"뗏목이라도 만들어서 연안을 따라 이동하면 되지 않을까요?"

소두괴는 영활한 머리를 가진 사내다. 배가 아니라도 무림 고수들이라면 능히 방법을 만들어 낼 수 있었다.

"이곳의 바다는 자네가 살던 곳과는 다르네. 이곳에선 뗏목 따위로 바다를 여행할 수 없어."

"괴물이라도 사는 겁니까?"

이위령이 퉁명스레 물었다.

"바다 그 자체가 괴물이네."

"해류가 사납다는 말이군요."

다시 소두괴가 말을 받았다.

"그렇다네. 물론… 괴물로 불릴 수 있는 놈들도 있기는 하고. 또… 단단한 무장을 한 해적들도 있다네. 쉽지 않은 일이네."

"그래서 길을 하나, 사막을 건너 칠왕의 성들을 관통하는 것이다 이 말이구려."

적풍이 더 이상 이야기할 필요가 없다는 듯 물었다

"그렇습니다."

"또 다른 길은?"

"달리……."

"알겠소. 어쨌든 오늘은 배불리 먹을 수 있는 건가?"

적풍이 화제를 돌려 몽금을 보며 물었다.

몽금은 요리에도 일가견이 있어서 일행의 식사준비를 도맡아 하고 있었다.

"물론입니다, 성주. 아주 질이 좋은 고기예요."

벌써 저우 한 마리를 해체하고 있던 몽금이 미소를 지으며 대답했다.

불 위에 일정한 간격을 두고 나무에 꽂힌 고깃덩어리가 세워졌고, 그 위에서 기름이 떨어져 내렸다.

불에 떨어진 기름이 타며 연기를 만들어 내고, 그 연기를 타고 고기 익는 냄새가 사방으로 퍼졌다.

"아주… 죽이는데?"

조어장이 당장에라도 나무꼬챙이에 꽂힌 고기를 뜯어 먹을 듯한 기세로 말했다.

"아직 아니에요."

그런 조어장을 몽금이 말렸다.

"대충 익었으면 먹자고."

상처 난 부위를 치료한 감문도 배가 고픈지 몽금을 재촉했다.

"소금 없이 먹으려면 그렇게 하세요."

몽금이 덩치에 안 맞게 샐쭉한 표정으로 지으며 대꾸했다.

"에이, 그럴 순 없지. 어떻게 소금 없이 먹어?"

"그럼 기다리세요."

몽금이 매몰차게 말했다.

"하아, 이럴 줄 알았으면 나도 소금을 좀 챙겨오는 건데……."

십자성의 고수들 중 소금을 챙겨온 사람은 몽금이 유일했다.

몽금은 본래 미식가라 자처하는 사람이어서 어디를 가든 몇 가지 향신료와 소금을 가지고 다녔다.

덕분에 그녀와 함께 여행을 하는 사람들은 언제나 입이 즐거웠는데, 대신 항상 대가가 따랐다. 그건 모든 음식의 요리와 식사 시간을 그녀가 통제한다는 사실이었다.

"진미를 맛보려면 인내심이 필요한 법이에요."

몽금이 익어가는 고기의 살점 약간을 찢어 입에 넣으며 말했다. 체구에 비하면 귀엽게 느껴지는 그녀의 오물거림에 십자성 고수들이 침을 삼켰다.

"어때? 육질이?"

감문이 급히 물었다.

"음… 이건 정말 맛이 좋군요."

몽금이 눈을 동그랗게 뜨며 다시 한 절음의 고기를 베어내 입에 넣었다.

"아니 정말 누님만 먹을 거요?"

이위령이 자신들에게는 기다리라면서 조금씩 고기를 베어내 입에 넣는 몽금을 향해 소리쳤다.

"이건 먹는 게 아니야. 간을 보는 거지."

몽금이 천연덕스럽게 대답하며 옆에 놓아두었던 작은 옥병 두 개에서 향신료를 꺼내 익어가는 고기에 뿌렸다. 그러자 사람들의 침샘을 자극하는 냄새가 사방으로 퍼져나갔다.

"야아, 이거 정말 못 참겠네."

감문이 고개를 저으며 중얼거렸다.

그 향이 얼마나 매혹적인지 단우하까지도 침을 삼키며 식사

할 시간을 기다리고 있었다.

그렇게 사람들의 애를 태우며 익어가던 고기를 드디어 몽금이 불 위에서 들어 올렸다. 그러고는 능숙한 손놀림으로 고기들을 베어내더니 통나무을 베어 만든 접시에 잘 익은 고기를 담아 적풍과 설루가 있는 곳으로 다가갔다.

"성주, 식사하세요."

"냄새가 좋아요."

설루가 몽금에게서 고기를 받아들며 말했다.

"아이들이 깨어나 길을 떠나게 되면 언제 다시 이런 요리를 맛볼 수 있을지 알 수 없으니 충분히 드세요."

몽금이 말했다.

"언니의 요리 솜씨는 언제나 놀라워요."

설루가 몽금을 칭찬했다. 그러자 몽금이 기분 좋은 웃음을 지으며 말했다.

"언제든 해드리죠, 재료만 있다면."

"고마워요, 먹어요."

설루가 적풍에게 고기 한 절음을 들어 권했다. 그러자 적풍이 말없이 설루가 건네는 고기를 입에 넣었다.

그러자 몽금이 기다렸다는 듯이 물었다.

"성주, 어떠신지요?"

"좋군."

적풍이 고개를 끄떡이며 대답했다.

간단한 대답이지만 몽금의 얼굴이 더욱 환해졌다. 본래 적풍의 성정이 무심하다는 것을 몽금도 잘 알고 있기 때문이었다.

적풍의 칭찬을 들은 몽금이 마치 수천 명의 적병을 무찌르고 돌아온 장수처럼 호기롭게 불가로 돌아왔다. 그러고는 어린애들처럼 앉아서 그녀를 기다리고 있던 십자성 고수들에게 소리쳤다.

"좋아요, 이제 모두 먹어요!"

인간에게 음식의 힘은 신비롭다. 잘 구워진 고기로 인해 모두가 행복한 그때, 그 맛난 요리가 또 다른 기적을 만들어냈다.

"으음……."

나직한 신음소리에 적풍과 설루가 동시에 고개를 돌렸다.

"와한!"

설루가 먹고 있던 음식을 내려놓고 급히 나무로 급히 만든 침상으로 다가갔다.

그곳에는 교벽을 통과하다 몸이 상한 십자성의 후기지수 세 명이 누워 있었는데, 그중 한 명인 와한이 신음소리를 냈던 것이다.

"와한!"

설루가 키가 크지는 않지만 늑대처럼 단단한 몸을 지닌 청년을 다시 불렀다.

청년의 이름은 와한, 신혈의 피를 가진 것은 당연하고, 몽골 초원에서 자라 북방 특유의 인내심과 생존력을 가진 청년이었다.

"주… 모님?"

와한이 무겁게 눈을 뜨고는 자신을 바라보고 있는 설루를 보며 입을 열었다.

"정신이 들어?"

설루가 다시 물었다.

"여… 여기가 어디죠?"

"칠왕의 땅이다, 그런데 몸은 어떠냐?"

설루가 다시 물었다.

"어, 어떻게 된 겁니까?"

"교벽을 통과하며 몸이 상했다. 일단 운기를 해서 몸 상태를 확인해."

"얼마나……?"

"벌써 십여 일째다."

"그렇게나……."

"어서 몸 상태를 확인하라니까?"

설루가 와한을 재촉했다.

그러자 와한이 그녀의 말대로 운기를 하려다 말고 갑자기 코를 벌름거리며 기진한 목소리로 말했다.

"운기는 나중에 하고요… 일단 이 향기로운 고기 맛을 좀 봐야겠습니다. 배가 고파 죽겠어요."

적풍과 십자성의 고수들이 당황스러운 눈으로 잘 구워진 저우 고기를 뼈만 남기고 모두 뜯어 먹는 세 젊은이를 바라보고 있었나.

더군다나 개중 한 명은 여인이다.

보통 사람들은 오랫동안 음식을 먹지 못하면 절대 고기 같은 육류를 함부로 섭취할 수 없다. 만약 그랬다가는 바로 탈이 나서 큰 고생을 해야 하기 때문이다.

그런데 이 세 명의 젊은이들은 달랐다. 이들을 십여 일이 넘게 정신을 잃고 있었지만, 깨어나자마자 구운 저우 고개를 정신없이 뜯고 있었던 것이다.

"내 음식 솜씨가 그렇게 좋은가?"

몽금이 고개를 갸웃하며 중얼거렸다.

"그렇게까지야……."

감문이 고개를 저었다.

"그럼 저걸 어떻게 설명하실 거예요?"

몽금이 되물었다.

"오래 굶었으니 배가 고팠겠지."

"하지만 열흘 굶고 먹는 데도 탈이 안 나고 잘 먹잖아요? 역시 내 요리 솜씨가……."

"저우 고기가 그렇더라고. 아주 부드러웠어. 입에 들어가면 죽처럼 녹아 넘어가는 것이……."

"저우 고기가 그런 게 아니라 제가 잘 구운 거예요, 그러니까."

"알았어, 그렇다고 해두지."

감문이 억지로 한 동의가 몽금을 더 화나게 만들었다. 그녀가 정색을 하며 감문에게 따지려는 순간, 세 명의 젊은이 중 한 명이 고개를 돌려 몽금을 보며 물었다.

"더 없어요?"

십자성의 후기지수 세 명은 다시 잠들었다.

그러나 이전과는 다른 잠이다. 이번에는 그들 스스로 잠들었고, 언제든 깨어날 수 있었다.

숙영지에 완연 활기가 돌았다. 걱정스러웠던 세 젊은이가 별 탈 없이 깨어나자 새삼 생기를 찾은 일행이었다.

그런데 이상한 것은 단우하까지 덩달아 기분이 좋아졌다는 것이었다. 처음에 적풍과 설루는 단우하가 세 명의 젊은이가 깨어나 곧 길을 떠날 수 있게 된 것을 기뻐하는 것으로 생각했었다.

그런데 자세히 보니 그런 이유 때문만은 아닌 것 같았다. 그의 시선이 수시로 세 명의 젊은이에게로 향했다. 그러고 그럴 때마다 만족스러운 미소를 지었다.

"뭐요?"

적풍은 궁금함을 참는 성정이 아니다. 단우하를 기분 좋게 만든 다른 이유가 있다고 생각하는 순간 그는 망설이지 않고 단우하에게 그 이유를 물었다.

"무슨 말씀이신지?"

갑작스레 자신에게 다가와 뜬금없는 질문을 던지는 적풍을 의아한 눈으로 바라보며 단우하가 되물었다.

"뭐가 그리 기분이 좋소?"

적풍이 다시 물었다.

"그야 당연히 위중했던 사람들이 깨어났으니……."

"아니 그것 말고. 사실대로 말해보시오. 꼭 아이들이 깨어나서는 아닌 것 같은데."

적풍의 추궁에 단우하가 잠시 망설이다 이내 입을 열었다.

"뭐 사실 숨길 일도 아니지요."

"그러니 말해보시오."

"혹, 소주모께서 저 친구들의 맥을 보셨습니까? 깨어난 이후에."

단우하가 되물었다. 그러자 조금 떨어진 곳에 있던 설루가 아차하는 표정을 지으며 말했다.

"그러고 보니 아이들이 음식 먹는 것을 지켜보느라 맥을 보지 못했군요."

설루가 걱정스러운 표정으로 잠 든 세 명의 후기지수를 보며 말했다.

"그럼 지금 한번 보십시오."

"곤히 자고 있는데 깨울 수는 없지요, 이유를 말해보세요."

설루가 단우하의 대답을 재촉했다.

"알겠습니다. 음… 제가 이런 말씀 드렸던가요? 교벽을 통과하는 와중에 두 가지 일이 일어날 수 있다고 말입니다. 몸이 상하든지 아니면 잠력이 깨어나 이전보다 훨씬 강한 힘을 가지게 되든지 한다고 말입니다."

"기억하오."

적풍이 대답했다. 그의 아버지 전마 적황 역시 그 기연으로 이곳을 떠날 때와는 비교할 수 없는 힘을 얻었다고 했었다.

"난 처음에 저 아이들에게 나쁜 쪽의 일이 일어났다고 생각했습니다. 하지만 깨어난 모습을 보니 꼭 그렇지는 않은 것 같습니다."

"그럼 저 아이들의 잠력이 크게 성장했단 거요?"

"아마 그럴 겁니다. 뭐, 주군께 일어났던 그 신비로운 현상까지는 아니더라도 아마… 이중에는 소공자님을 제외하고는 앞으로 저 세 사람을 감당할 사람이 없지 않을까 싶군요."

단우하가 확신하듯 말했다.

"설마 그렇기야 할까요? 저 세 녀석의 재질이 제법 뛰어나긴 하지만 아직 내 상대가 되려면 멀었는데……."

옆에서 듣고 있던 조어장이 고개를 갸웃하며 물었다.

"깨어나면 한번 겨뤄보시게."

단우하 역시 자신의 의견을 거둬들일 의사가 없는 모양이었다.

"알겠소, 그대의 말이 맞다고 치고, 당신에게 그 일이 그렇게 기분 좋은 일이오?"

적풍이 물었다.

"그렇습니다. 저로선… 저 친구들이 깨어나 길을 갈 수 있게 되었으니 그게 첫 번째 기쁨이고, 또 생각지 못한 힘을 얻어 우리 여행에 큰 도움이 될 것이니 두 번째 기쁨입니다. 그리고…….”

“또 있소?”

“아바르에 도착했을 때 소공자께 도움이 되어 줄 수 있으니 그것이 세 번째 기쁨이라고 할 수 있지요.”

“그 말은… 내가 아바르란 곳에 가서 누군가와 싸워야 한다는 뜻이오?”

적풍이 되묻자 단우하가 정색을 하며 대답했다.

“말씀드렸듯이 소공자님을 모셔가는 일은 주군의 후계와 관계된 일이라…….”

“그 말을 후계자를 그 양반이 결정하는 것이 아니라는 뜻이구려.”

“물론 결정은 주군께서 하시지요. 하지만 지켜내는 것은 소공자의 몫입니다.”

“그런데 내가 싫다면. 그 양반을 만난 후에 돌아가겠다면 어쩌겠소?”

“그렇다면… 외람되지만 전왕의 검을 놓고 가셔야 할 겁니다.”

“후후, 이제 보니 나는 부차적인 목표였군. 이놈만 있다면 날 대신할 사람은 많다는 뜻이고.”

적풍이 사자검을 들어 올리며 중얼거렸다.

사자검이 적풍의 말을 알아들었는지 그의 손 안에서 작은 울림을 만들었다.

“걱정 말거라. 널 버리는 일은 없을 테니.”

적풍이 사자검을 다시 검을 검집에 넣으며 중얼거렸다.

"꼭 아바르에서의 문제가 아니더라도 주군께서 계시는 검은 사자들의 성까지 가는 길도 만만치 않으니 저 세 사람이 강해진다는 것은 여러모로 좋은 일이지요."

단우하가 다시 말했다.

"알겠소. 그런데 내가 아니라면 누가 그의 후계자가 될 것 같소?"

적풍이 물었다.

"말씀드렸듯이 무황께는 세 분의 자제분이 계십니다. 세 분 모두 출중하실 뿐더러 지금도 후계자가 되기 위해 경쟁하고 있지요. 그리고 주군의 혈통을 잇지 않은 자들 중에는 삼후(三侯)가 있습니다. 이들은 주군께서 무림에 다녀오실 때 동행했던 검은 사자들 중 삼 인으로 현재 아바르에서 가장 강력한 전력을 보유한 성주들입니다. 물론 주군의 혈통이 아니니 정상적인 방법으로야 후계자가 되는 것이 어렵지만……."

"그렇게 많은 인물들 중에서 마땅한 자를 찾지 못했다는 거요?"

"주군의 후계자가 되는 일은 결코 쉬운 일이 아닙니다. 칠왕의 후예들은 보통의 사람들이 아닙니다. 정통 혈맥을 이은 자들은 사람이라기보다는 신인에 가까운 자들이지요. 칠왕의 검 없이 그들을 상대할 수 있는 사람은 이 세상에 오직 주군 한 분밖에 없을 겁니다. 그러니 다른 사람들이 전왕의 검 없이 후계자가 되었을 때 우리 신혈족을 지켜낼 수 있겠습니까?"

말을 하는 단우하의 표정에서 단호함과 공포심이 동시에 느껴졌다. 적풍은 그를 만난 후 처음으로 자신을 데려가는 일이 단우하에게 얼마나 절실하고 중요한 일인지를 느끼고 있었다.

"우리가 제때 가지 못하면 어찌될 것 같소?"

"그 말씀을 안 드렸군요. 아마 지금쯤 주군께서는 아바르 전 지역에 흩어져 있는 신혈의 용사들을 모으고 계실 겁니다."

"전쟁이라도 한다는 뜻이오?"

"그렇습니다."

단우하가 담담하게 대답했다. 너무 담담해서 그것이 마치 자연스러운 일처럼 느껴질 정도였다.

"이유가 뭐요?"

"주군께서는 제가 소공자를 모셔오기 위해 주군의 곁을 떠날 때 두 가지 계획을 가지고 계셨습니다. 그중 하나는 아시다시피 전왕의 검과 소공자님을 모셔가는 것이지요, 약속된 시간 안에 소공자님을 모셔갈 경우 주군께서는 소공자님… 혹은 새롭게 전왕의 검의 주인이 되실 후계자 분께 자신의 힘을 전하는 것으로 여생을 보내실 생각이셨습니다. 대략… 오 년 정도의 시간이지요."

"그렇다면 전쟁을 벌이는 것이 두 번째 계획이란 말이구려."

"그렇습니다. 두 번째 계획은 주군께서 천명을 다하시기 전에 향후 수십 년 동안 감히 아바르를 침략할 세력을 남겨두지 않는 것이지요. 다시 말해 칠왕의 후예들을 상대로 대대적인 정복전쟁을 하는 것입니다. 그렇게 수십 년의 시간을 벌게 되면 누가 후계자가 되든 충분히 아바르를 지킬 힘을 키울 수 있을 거라 생각하신 겁니다."

단우하의 말에 적풍이 고개를 끄떡였다.

"좋은 계책이오. 그리고 왠지 첫 번째 계획보다는 두 번째 계획이 좀 더 그 양반답다는 생각이 드는구려."

"문제는 이 싸움을 주군께서 돌아가시기 전에 끝낼 수 있느냐는 것입니다. 말씀드렸듯이 칠왕의 후예들은 결코 만만한 자들이 아니니까요. 제가 떠날 때 주군께선 대원정의 승산이 오할도 어렵다고 보셨습니다. 그리고 만약 그 싸움에서 패하게 된다면 우리 동족들은 패전 후 노예도 아닌 벌레로 살아가야 할 겁니다. 허니……."

다음 말을 듣지 않아도 알 수 있었다. 단우하로서는 하루라도 빨리 길을 떠나길 원하는 것이다.

"좋소, 세 사람이 제대로 회복된 것이라면 떠납시다."

"정말이십니까?"

단우하가 기쁨을 감추지 못하고 되물었다.

"그럼 장난이겠소? 삼 일 주겠소. 준비하시오."

적풍이 심드렁하게 대답했다.

제9장
태양의 사막 쿰
그리고 사람을 파는 자

단우하가 바빠졌다.

그는 적풍이 떠날 것을 결정한 이후 거의 삼 일 동안 잠도 자지 않았다.

대신 밤을 새워 가면서 별자리를 살폈다. 사막이나 바다 같이 방향이 불확실한 곳에서 별자리를 살펴 길을 찾는 것은 노련한 여행자라면 누구나 하는 일이어서 적풍 등은 단우하의 행동을 그리 특별하게 생각지 않았다.

그러나 소두괴는 달랐다.

그는 가끔 단우하의 옆으로 다가가 그가 별자리를 살피는 것을 유심히 바라보고는 했는데 삼 일째 되던 날 뭔가 대단한 것을 깨달은 것처럼 단우하에게 질문을 던졌다.

"노사!"

"왜 그러시나?"

자신이 별자리를 살피는 동안 종종 함께 있어준 것이 고마운지 단우하가 자신을 부르는 소두괴를 부드러운 표정으로 대했다.

"이상한 것이 있군요."

"뭐가 말인가?"

"별자리가 다른 것 같지가 않습니다."

"그게 무슨 소리신가?"

단우하가 되물었다.

"이곳에 오기 전 세상에서 보던 별자리와 여기서 보는 별자리가 다르지 않은 것 같다는 말입니다. 물론 보는 방향이 다르니 처음에는 다른 듯 보이지만 하늘을 돌려놓고 보면 그리 다른 것 같지 않군요."

"자넨 정말 눈이 밝군."

단우하가 감탄한 표정으로 말했다.

"그럼 같은 건가요? 정말로?"

"그렇다네."

"이상한 일이군요. 다른 세계가 아닌가요? 설마 그저 장소만 이동된 겁니까?"

"그게 바로 아주 오랫동안 이 땅의 현자라 자칭하는 자들조차 풀지 못한 문제지. 그렇다고 자네가 살던 세상의 알려지지 않은 다른 지역이 아닌 것은 확실하네. 그렇게 보기에 이 세계는 너무 넓어. 그래서 난 이렇게 생각하네."

"어떻게 말입니까?"

"하늘이 같다는 것은 어쨌든 땅도 같다는 뜻 아니겠나?"

"그렇지요."

"허면 달라진 것은 하나지. 시간 아니겠나?"

"과거 혹은 미래의 세상이란 건가요?"

"뭐 그렇게 생각할 수도 있고, 아예 다른 시간을 사는 곳일 수도 있네. 그게 이 땅을 이해하는데 가장 편리하니까. 시간이 지나면 산천도 변하니 지형이 다른 것은 이해할 수 있는 문제 아닌가?"

"그렇긴 하지요. 하지만… 살아가는 존재들이 다른 것은……."

"그 역시 시간이 달라지면 달라질 수 있지. 그거 아나? 여기서의 하루의 길이나 일 년의 길이, 혹은 계절의 흐름 같은 것이 명계와 같다는 것 말일세."

"명계는 또 뭡니까?"

"아, 이제 보니 그 이야기를 안했나? 여기선 자네가 살던 세상을 명계 그리고 이곳을 현계라 부른다네."

"왜 그런 이름이 붙게 된 거죠?"

"잘 생각해보게 누가 그런 이름을 만들었겠나?"

단우하가 재미있는 문제를 내듯 소두괴에게 물었다.

그러자 소두괴가 어리둥절한 표정을 짓다가 이내 오기가 생겼는지 곰곰이 생각에 잠기기 시작했다. 그러나 소두괴로서는 왜 두 세상에 그런 이름이 붙었는지 알아낼 방도가 없었다.

"좀 도와주시죠?"

소두괴가 실마리를 찾지 못하자 결국 단우하에게 도움을 청했다.

"음… 그럼 한 가지 도움을 주지. 이 말이 시작된 것은 한 문파에서 부터지."

"그게 답니까?"

"그렇다네, 이젠 곰곰이 생각하면 알 수 있을 걸세."

단우하가 제자를 가르치는 스승처럼 말했다.

소두괴가 인상을 찡그리며 다시 생각에 잠겼다. 그러다가 문득 소두괴의 얼굴에 허탈한 웃음이 일어났다.

"이런 바보 같은!"

소두괴의 씁쓸한 웃음에 단우하가 웃으며 물었다.

"하하, 알았나보군?"

"월문이죠?"

"맞네, 의천노공 우서한이 이끄는 월문의 본류를 명월문이라 하지. 반면 이 땅에 있는 월문은 현월문이라 부르네. 그들이 왜 그런 식으로 양쪽 월문을 구분했는지는 나도 모르겠네. 하지만 어쨌든 그로부터 두 세상에 대한 이름이 나왔다. 명계와 현계, 명월문과 현월문… 그렇게 된 걸세."

"이 땅에서도 월문은 중요한 존재인 모양이군요."

"그렇다네. 중요하면서도 무서운 문파지."

"여기서도 마찬가지로 각 세력들 싸움에는 관여하지 않나요?"

"그것도 같다네. 그래서 모악 같은 자가 나오는 거지. 월문은 개인의 욕망을 철저히 억제하는 문파니까. 모악처럼 욕망에 사로잡힌 자가 버티기 어려운 곳이지."

"뭐, 저쪽에도 묵안노 마한이란 자가 있었으니까요."

"그래서 세상에 절대란 없네. 언제나 예외적인 놈들이 있지."

단우하가 대답했다.

"아무튼 이 땅의 시간도 같다는 거죠?"

"그렇다네."

"그건 좀 편하겠군요."

소두괴가 고개를 끄떡이며 말했다.

"맞네, 사람의 몸과 정신은 사실 공간보다는 시간에 의해 더 많이 제약을 받는다네. 잠자는 거나 먹을 때를 정하는 거나 사람은 자신도 알지 못하는 사이에 일정한 시간에 길들여져 있으니까. 그게 변하면 못 견뎌하지. 그런 면에서 보면 자네들은 무척 운이 좋은 셈이지."

"그렇군요, 그런데 길은 찾아내셨어요?"

"내일은 떠나도 될 것 같네."

"듣던 중 반가운 소리군요."

"후후, 앞으로 펼쳐질 일을 생각하면 쉽게 그런 소리 하지 못할 걸세."

"위험한 건 압니다. 하지만 그런 위험을 우리 신혈족을 즐기지 않습니까?"

"하긴 그렇지, 그래서 항상 문제지만……."

"일 끝났으면 그만 주무세요, 내일 길을 떠나려면."

소두괴가 자리에서 일어나며 말했다.

"먼저 자게, 난 좀 더 확인을 해보고."

"알겠습니다, 그런 먼저 자겠습니다."

"그러게."

단우하가 고개를 끄떡이자 소두괴가 단우하가 올라 있는 절벽 아래로 내려가기 시작했다.

소두괴가 완전히 사라지자 단우하의 표정이 어두워졌다.

"위치는 정확해. 편한 길로 가자면 사막 남쪽 경계를 따라가 바다로 가면 된다. 그러나… 그렇게 되면 시간이 너무 오래 걸려. 세 어머니의 호수를 통과하는 길도 역시 마찬가지. 결국 시간이 문제야. 주군께서 칠왕의 후예들과 전면전을 벌이기 전에 도착해야 해. 그래야 소공자를 데려온 보람이 있지. 자칫 칠왕의 후예들이 주군을 상대로 연합하기라도 하면 무척 위험해질 수도 있다. 그럼 소공자를 데려가는 것도 아무 의미가 없지. 그저 뛰어난 전사 몇 데려온 것 말고는……."

단우하가 자리에서 일어났다. 그러고는 손을 들어 사막의 동남쪽을 손으로 가리키며 말했다.

"그래서 위험하지만 빠른 길을 택한다. 실패할 수도, 혹은 몇 사람이 희생될 수도 있겠지. 하지만 그 희생이 헛되지는 않을 것이다. 신혈의 아바르가 살아남을 테니. 모든 일의 가능성은 언제나 반반이다."

떠날 준비는 간단히 끝났다.

야수 저우의 고기를 말린 육포와 놈들의 가죽으로 만든 물주머니에 담은 식수까지, 더 이상의 준비는 필요 없었다.

"물은 찾을 수 있나?"

아무리 물을 많이 준비했다고는 해도 사막에서 물은 언제나 부족한 법이다.

언젠가는 떨어질 것이고, 사막을 다 건너기 전에 다른 수원을 발견하지 못하면 산을 들어 옮길 힘이 있는 고수들이라 해도 죽을 수밖에 없었다.

"제 예상이 맞다면 닷새 후에 작은 수원을 찾을 수 있을 겁니다."

"예상이 틀리면?"

"그럼……."

단우하가 말꼬리를 흐렸다.

"후후, 정말 도박 같은 여행이군. 어쨌든 모두 들었지? 물을 아껴 먹어, 출발한다."

적풍의 명령이 떨어지자 십자성의 고수들이 숙영지를 벗어나 절벽 위로 올라갔다.

절벽 위 사막은 아직 해가 뜨지 않아서 조금 추운 편이었다.

일행은 나무를 이어 만든 바퀴 없는 짐수레 두 대에 필요한 물건들을 싣고 새벽 사막을 향해 걸어 나가기 시작했다.

*　　　*　　　*

"마셔라, 이 잡종들아!"

턱!

온몸을 검은 천으로 감싼 사내가 두어 자 길이의 나무통에 물에 적신 천을 던져 넣자 손이 뒤로 묶인 사내와 계집아이들이 너나 할 것 없이 기어들어 통 안에 든 젖은 천에서 물을 빨아먹기 시작했다.

"충분히 줘라! 곧 넘길 놈들이니까 생기가 있어야 해."

한쪽에 모여 앉아 육포를 뜯고 있던 자들 중 하나가 소리쳤다.

"예, 장군!"

아이들에게 젖은 천을 던져 주었던 사내가 대답을 하고는 한쪽으로 걸어가 사막 한가운데 만들어진 우물 속으로 물바가지를 내렸다. 그리고 잠시 후 끈에 매달려 올라온 물바가지의 물을 가져와 아이들이 머리를 박고 있는 물통에 들이부었다.

갑작스럽게 축복처럼 물이 쏟아지자 아이들이 너나 할 것 없이 물통에 머리를 박고 물을 들이켰다.

"음식도 충분히 늘려줘라, 눈빛이 살아나야 해. 그래야 제값을 받지."

"알겠습니다, 장군."

물을 주던 사내가 크게 대답을 하고는 짐을 실은 낙타 쪽으로 가서 건량 자루를 들어냈다.

그리고는 아직 물이 남아 있는 물통으로 다가와 자루 입구를 열고 그 안에 든 건량들을 물통에 삼분지 일쯤 부었다.

그러자 물을 마시던 아이들이 이번에는 물에 젖어 죽처럼 변한 건량들을 묵인 두 손에 담아 허겁지겁 삼키기 시작했다.

모습은 사람의 모습을 하고 있지만, 사내들이 대하는 모습이나 아이들 자신이 하는 행동은 가축과 다름없었다.

"그래 많이들 먹어라, 그래야 제값을 받지."

사내가 가축처럼 음식을 먹어대는 아이들을 보며 히쭉거리고는 건량 자루를 묶은 후 낙타가 있는 쪽으로 걸음을 옮겼다. 그러다가 문득 고개를 돌려 멀찍이 떨어진 곳에 죽은 사람처럼 누워 있는 한 소년을 바라봤다.

"장군, 저놈은 어쩔까요?"

사내의 물음에 사내에게 명령을 내리던 자가 고개를 들어 쓰러져 있는 소년을 바라보더니 사내에게 손짓했다.

"데려와 봐."

"예, 장군!"

사내가 재빨리 대답한 후 소년에게 다가가 힘없이 늘어진 팔을 잡아끌었다.

털썩!

사내의 손에 질질 끌려온 소년이 장군이라 불린 자 앞에 짐짝처럼 너부러졌다.

정신을 잃은 것처럼 보이지만 어깨가 들썩이는 것이 죽지 않고 숨을 쉬고 있는 것이 확실했다.

"대단하지?"

무리의 우두머리가 물었다.

"독한 놈입니다."

"자격은 충분한 것 같지 않아?"

"하지만 말을 듣질 않으니."

"난 사람이란 동물의 의지를 믿지 않아. 공포와 두려움은 이겨낼 수 있지만 본능적인 배고픔과 고통은 끝내 이겨내지 못하는 법이지. 깨워!"

우두머리가 명령하자 소년을 끌고 온 사내가 소년의 머리 위에 찬물을 쏟았다.

"헉!"

냉기에 놀란 소년이 벼락 맞은 것처럼 눈을 뜨더니 본능적으로 몸에 묻은 물기를 혀로 핥았다.

"봐, 깨어나자마자 먹을 걸 찾잖아?"

무리의 우두머리가 자신의 말이 맞지 않았냐는 듯 수하들을 돌아보며 말했다.

"역시 장군님이십니다, 인간의 심리를 꿰뚫고 계시는군요."

수하들이 서둘러 우두머리에게 아부를 떨었다.

"자, 이제 먹을 것을 좀 가져와 봐."

우두머리의 말이 떨어지기 무섭게 수하 중 하나가 동으로 만든 그릇에 밀 죽 같은 음식을 담아냈다.

"먹어라."

우두머리가 소년 앞에 음식이 담긴 그릇을 밀었다. 그러자 소년이 묶인 두 손으로 그릇을 들어 입으로 가져갔다.

"컥컥!"

너무 급히 음식을 입에 넣다 보니 목이 막히는 지 소년이 헛구역질을 해댔다.

그러면서도 소년은 음식 그릇에서 입을 떼지 않았다. 덕분에 그릇에 담긴 음식은 순식간에 동이 났다.

"정신이 좀 드느냐?"

마지막까지 그릇을 핥고 있는 소년에게 무리의 우두머리가 물었다. 그러자 정신없이 그릇을 핥던 소년이 갑자기 눈을 희번덕거리며 분노 가득한 시선으로 우두머리를 노려봤다.

"음… 정말 대단한 놈이 아닌가? 아직도 기세가 살아 있어."

"이놈! 눈 깔지 못해? 감히 어느 분인 줄 알고 똑바로 바라보는 것이냐? 눈알을 파버릴라!"

우두머리의 수하 중 하나가 작은 칼을 뽑아 소년의 눈에 대며 소리쳤다.

그러나 소년은 우두머리를 노려보는 눈을 거두지 않았다. 대신 소년이 짐승처럼 으르렁거리며 말했다.

"죽여!"

"야, 이놈 보게? 죽이라면 못 죽일 것 같으냐?"

소년의 눈에 단검을 들이대고 있던 자가 당장에라도 소년을 벨 것처럼 살기를 번뜩였다

"됐다, 물러서라."

우두머리가 그런 수하를 제지했다.

명을 받은 사내가 죽일 듯이 소년을 노려 본 후 뒤로 물러났

다. 그러자 우두머리가 한결 부드러운 목소리로 소년에게 말했다.

"사람에겐 항상 두 가지 길이 있다. 죽느냐, 사느냐. 지배하느냐 지배당하느냐. 먹느냐, 굶느냐. 인간은 언제나 이런 선택을 강요당하지. 그래서 네놈은 지금 선택해야 한다. 살겠느냐? 죽겠느냐? 살겠다면 내 밑에서 칼 쓰는 법을 배우게 될 것이다. 나 마르칸의 제자가 된다는 것은 정말 큰 행운이지. 다른 놈들이었다면 목숨을 걸고라도 내 밑에 들어오려 했을 것이다. 그런데 넌 내 제안을 두 번이나 거절했지. 이번이 마지막 기회다. 내 제자가 되겠느냐?"

우두머리가 등을 앞으로 굽혀 소년의 얼굴에 자신의 눈을 들이대며 물었다.

그러자 소년이 사내를 노려보며 대답했다.

"내가 부모를 죽인 자의 제자가 될 것 같으냐? 절대 그럴 일 없을 테니 어서 날 죽여라. 날 살려두었다가는 반드시 내가 널 죽일 테니까."

"정말 독한 놈이구나. 물론 그래서 마음에 들었지만… 그런데 이상하군? 네놈은 죽겠다는 놈이 왜 음식은 먹었느냐?"

"날 죽이는 건 당신 일이고. 난 살 수 있을 때까지 살아야 당신을 죽일 기회를 찾을 수 있을 테니까."

"내 제자가 되면 기회가 아주 많을 텐데?"

"하루하루 당신에게 고개를 숙여야 한다면 죽는 게 낫지."

"하아… 이거 정말 어렵군."

우두머리가 난감한 표정으로 몸을 뒤로 젖혔다. 그러자 곁에 있던 수하가 말했다.

"죽여 버리죠."

"뭐, 끝까지 고집을 피우면 그래야지."

우두머리가 고개를 끄떡였다.

"제가 하지요."

앞서 소년에게 칼을 들이밀었던 사내가 다시 앞으로 나서며 말했다.

"아니, 편하게 죽일 수는 없다. 마음에 드는 놈이지만 나 마르칸을 모욕한 벌은 받아야 하니까."

"그럼 어떻게 죽일까요?"

"매달아 놓고 간다. 목이 타 죽던지, 굶어 죽던지. 그도 아니면 사막의 독사에 물려 죽든지. 시체야 독수리에게 적선하고……."

"알겠습니다."

사내가 신이 난 듯 소년을 끌고 우물 옆 메마른 땅에 자라난 두 그루의 나무가 있는 곳으로 걸어갔다.

그리고 두 나무 중에서 이젠 더 이상 생명의 기운이 느껴지지 않는 앙상한 나무에 소년을 거꾸로 매달았다.

"우욱!"

방금 먹은 음식이 채 소화되기 전이라 거꾸로 매달린 소년이 입으로 음식들을 토해냈다.

"아이구 아까워라. 그나마 뱃속에 남아 있으면 하루 이틀은

버틸 텐데. 아니 그전에 사막의 열기에 타 죽으려나?"

소년을 거꾸로 매단 사내가 소년의 머리맡에 쭈그리고 앉아 소도로 소년의 볼을 툭툭 치며 조롱했다.

순간 소년이 사내를 향해 침을 뱉었다.

"퉤엣!"

토한 음식물과 침이 섞여 사내의 얼굴에 정통으로 맞았다.

"카악! 이런 죽일 놈의 새끼! 혀를 뽑아주마!"

사내가 소년의 입을 벌리려다말고 지저분한 소년의 입을 차마 만지지 못하겠다는 듯 중얼거렸다.

"일찍 죽여줄 필요는 없지. 고통의 시간을 줄여줄 수는 없으니까. 이대로 사막의 뜨거운 햇살에 말라 죽게 두는 게 더 낫겠어. 흐흐, 잘 죽어라, 이 빌어먹을 새끼야."

사내가 발을 들어 소년의 가슴을 한 번 후려차고는 고통으로 컥컥거리는 소년을 두고 우두머리가 있는 곳으로 돌아갔다.

"자, 모두 떠날 준비를 해라."

사내가 돌아오자 마르칸이라고 자신의 이름을 말한 우두머리가 수하들을 보며 명을 내렸다.

그러자 수하들이 이십여 마리의 낙타를 풀어내 떠날 준비를 했다.

"일어나 이 잡종들아!"

무리 중 몇은 나무통에 든 물과 음식을 깨끗하게 먹어치운 아이들을 채찍으로 후려쳐 일으켜 세웠다.

"잘 들어. 게으름을 피우는 놈이나 도망가려는 놈은 저 꼴이 된다."

아이들을 일으켜 세운 사내가 채찍을 들어 나무에 거꾸로 매달려 있는 소년을 가리키며 아이들을 협박했다.

아이들이 두려움에 떨면서 사내의 채찍이 움직이는 대로 걸음을 옮겼다.

"가자, 이번 장사를 제대로 끝내면 술과 계집이 기다린다."

우두머리 마르칸의 명령이 떨어지자 사내들이 낙타에 올라 북쪽을 향해 출발했다. 그들의 뒤를 따라 짐승처럼 묶인 소년 소녀들이 뜨거운 사막을 걷기 시작했다.

신비한 모습이었다.

불모의 땅 사막 한가운데에 불야성이 펼쳐졌다. 모래사막으로 유명한 태양의 사막, 이곳 사람들이 쿰이라 부르는 곳을 여행하다 보면 종종 물이 솟아나는 작은 녹원이나 혹은 모래가 아닌 단단한 흙으로 이뤄진 황야를 만나기도 한다.

운이 좋으면 그 둘이 함께 있는 곳도 있는데 지금 밝은 달빛 아래 불야성을 이룬 곳이 바로 그런 곳이었다.

적게 잡아도 족히 오십여 채의 큼직한 천막들이 서 있었고, 곳곳에서 여인의 웃음소리도 들렸다.

그리고 그 웃음소리에 섞여 비명소리도 흘러나왔는데, 대부분 어린 아이거나 여인들의 비명소리였다.

그 열락과 공포가 공존하는 곳에서 마르칸은 수하들과 함께 기분 좋게 술을 마시고 있었다.

"장군, 이번 장사는 정말 대단했던 것 같습니다."

마르칸의 수하 하나가 아부를 떨었다.

"말했지 않느냐? 사냥 중에 제일은 잡종들을 사냥하는 일이라고."

"하지만 위험하지요. 물론 장군님께는 쉬운 일이지만……."

"잡종들이 스스로 신혈이라 칭하며 아바르에 정착한 것은 오로지 무황 그자 때문이다. 그자가 출현하기 전 이 땅에서 놈들은 노예일 뿐이지 않았느냐? 그런 놈들 사냥하는 것이 뭐 어렵다고."

마르칸이 호기롭게 술을 들이키며 말했다.

"그런데 장군, 후환이 없을까요? 듣기에는 무황의 명을 받은 추살대가 있다던데. 잡종들을 거래하는 것을 막기 위해서 말이지요."

"후후후, 걱정할 것 없다. 그 추살대라는 놈들도 칠왕의 영역에서나 힘을 쓰는 것이지 여기까지 오긴 어려우니까. 더군다나 우리가 잡아 온 놈들은 모두 칠왕의 땅 경계 밖에 숨어살던 놈들 아니냐?"

"그렇긴 하지요. 아마 아바르에서도 죄를 짓고 도망친 자들일 겁니다."

수하가 고개를 끄덕였다. 그러자 다른 자가 두 사람의 대화에 끼어들었다.

"그게 아닐 수도 있네."

"무슨 소린가? 도망자가 아니라면 왜 안전한 아바르를 떠나

숨어 살아? 잡종들에게 아바르는 천국과 같은 곳 아닌가?"
동료가 물었다.
"요즘 들리는 소문에 의하면 최근 들어 아바르의 각 성주들에 대한 무황의 통제력이 많이 약해졌다고 하더라고. 그래서 곳곳에서 성주들의 착취가 심해져 간혹 그렇게 아바르를 탈출해 다른 곳에 정착하는 자들이 있다고 하네. 아마 그런 자들일 수도 있지."
"그런 소문이 있었느냐?"
마르칸이 수하의 말에 관심을 보였다.
"그렇습니다요. 아바르를 벗어나는 잡종들이 제법 많다고 합니다."
"후후, 이거 재밌군. 그 대단한 무황이 통제력을 잃다니."
"그래서 무황이 아프다는 소문도 있답니다."
"그래? 그건 의외군. 그는 아직 죽을 나이는 아닌데?"
마르칸이 고개를 갸웃했다.
"사람 목숨이야 어디 예측이 되나요. 흐흐, 무황이라고 사고를 당하지 말라는 법도 없고."
"네놈이 제법 똑똑한 소리를 하는구나. 하긴 그렇지. 아무튼 그렇다면 앞으로 우린 정말 큰 장사를 할 수 있겠어. 아바르가 흔들리면 잡종 사냥이 한결 수월치 않겠느냐?"
"맞습니다. 더군다나 이 장사는 이문이 많이 남지 않습니까?"
"후후후, 좋아. 이렇게 되면… 재기의 기반을 만들 수도 있겠어."

마르칸이 음산한 미소를 지으며 다시 술을 들이켰다.

그런데 그때 문득 낯선 인기척이 느껴졌다.

노련한 마르칸이 칼잡이의 본능으로 재빨리 낯선 기운의 주인을 찾아 시선을 돌렸다.

그러자 귀해 보이는 검은색 모피를 걸친 자가 한기가 흐르는 호위무사 다섯을 거느리고 마르칸에게로 다가왔다.

"뭐요?"

마르칸의 수하 하나가 재빨리 자리에서 일어나 다가오는 자들을 막아섰다.

그러자 사막에 어울리지 않은 옷차림을 한 자가 사내의 어깨 너머로 마르칸을 바라보며 물었다,

"당신이 마르칸이오?"

"날 알아?"

마르칸이 아미를 좁히며 물었다.

"천인의 무덤에서 나온 자를 어찌 모르겠소?"

"누구냐?"

마르칸의 표정이 변했다. 그가 술병을 내려놓고 차가운 눈으로 사내를 노려보며 나직하게 물었다.

"경계하실 필요 없소. 난 단지 거래를 하기 위해 온 사람이오."

"거래?"

"잡혈들을 파신다 들었소."

"그렇다면 너무 늦었군, 난 이미 장사가 끝났는데?"

여전히 사내를 경계하며 마르칸이 말했다.

"들었소. 아쉽게도 조금 늦은 모양이오. 사막 여행이란 것이 본래 변수가 많아서."

"장사가 끝난 줄 알면서도 날 찾아온 이유는 뭔가?"

"한 가지 묻고 싶은 것이 있어서 이렇게 찾아왔소. 아! 물론 선물도 준비했소."

사내가 살짝 고개를 끄떡이자 그의 수하 중 하나가 귀한 술병이 담긴 상자를 마르칸의 수하 앞에 내려놓았다.

"술까지… 알고 싶은 게 뭔가?"

마르칸이 조금 경계심이 풀리는지 허리를 펴며 물었다.

"장군께서 거래하신 아이들을 찾아봤소. 그런데… 한 놈이 빠진 것 같더구려. 그놈의 행방을 알고 싶소."

"내가 잡아온 놈들은 그게 전분데?"

"사냥한 잡혈들 중 이쯤에 불로 지진 듯한 상처가 난 녀석이 있지 않았소?"

사내가 손을 들어 관자놀이와 귀 사이를 가리키며 말했다.

순간 마르칸의 표정이 다시 변했다. 어찌 기억하지 못할 리가 있을까. 큰 결심으로 제자로 들이려고까지 생각했던 녀석인데. 그런데 그놈을 찾는 자가 있을 줄이야.

"그놈은 왜 찾나?"

"역시 행방을 알고 계시구려? 어디 있소?"

"흐흠… 글쎄. 이거 술이 확 깨는군. 아직 장사가 끝나지 않았다는 생각이 들기도 하고. 다시 묻지, 그 녀석은 왜 찾나?"

마르칸이 다시 물었다.

"그건 말할 수 없소."

사내가 고개를 저었다.

"그래? 그럼 나도 대답해 줄 수 없지."

"살아는 있소?"

"글세, 그것도 말해줄 수 없는데?"

마르칸이 싱글거리며 말했다.

그러자 사내의 눈에 얼핏 분노의 기색이 엿보였다. 당장 검이라도 뽑을 기세다. 그러자 노련한 마르칸이 사내의 속내를 읽고 슬쩍 검을 잡으며 말했다.

"허튼 짓은 하지 마. 내가 누군지 알고 있다며? 더군다나 이곳은 오랜 만에 흑상들의 거래가 이뤄지는 야시가 아닌가? 소란을 피우면 어찌 될지 모르지 않을 텐데?"

그러자 사내가 잠시 마르칸을 노려보다가 입을 열었다.

"놈이 있는 곳을 알려주면 황금 다섯 툭을 내겠소."

"황금 다섯 툭… 이거 정말 보통 놈이 아니었군. 제길 그럴 줄 알았으면 살려둘 걸!"

"죽었소?"

사내가 황급히 되물었다.

"지금은 나도 잘 모르겠는데. 그런데 대체 왜 녀석이 필요한 거지?"

마르칸이 집요하게 물었다.

그러자 사내가 어쩔 수 없다는 듯 대답했다.

"놈은… 우리가 찾고 있던 피를 지니고 있소."

"호오! 이런 이제 보니 피 장수군?"

"…우린 그런 일을 하지 않소."

사내가 화가 난 표정으로 말했다. 그러자 마르칸이 눈을 가늘게 뜨고 사내를 보다가 입을 열었다.

"피 장사를 하는 것도 아닌데 그놈의 피가 필요하다는 것은 말이 안 되지. 보통 때는 아니지만 이번만은 아주 중요한 고객이 있다는 뜻이겠고… 후후, 이제 보니 놈들이 아바르를 떠나 그곳에 숨어 산 이유를 알겠어. 아바르의 누군가와 거래하려는 거지?"

마르칸이 물었다.

"더는 묻지 마시오."

"후후, 알았어. 더 묻지 않지. 아무튼 그 녀석의 피가 필요한 자가 있다는 거지? 그래서 말인데 그 녀석이 있는 곳을 알려주는 것보다 그 녀석을 데려다 주면 더 많은 금자를 내겠군?"

"데려올 수만 있다면."

"호오! 이건 정말 큰 거래군. 좋아. 이틀! 그 안에 오지. 녀석이 살아 있다면 데려오고. 죽었다면… 뭐 안녕이지. 모래 아침까지 내가 오지 않으면 녀석은 죽은 걸로 생각하면 될 것 같군. 자, 모두 술잔치는 끝이다. 출발한다."

마르칸이 마시고 있던 술병을 던져 버리고 자리에서 일어났다. 그 순간만큼은 감히 범접할 수 없는 기운을 뿜어내는 마르칸이었다.

모피를 걸친 사내조차도 마르칸의 기세에 밀려 서너 걸음 뒤로 물러났다.

어느새 마르칸의 수하가 한쪽에 묶어 두었던 낙타를 끌고 왔다. 그러자 마르칸이 훌쩍 몸을 날려 낙타에 올라탄 후 모피를 입은 사내를 보며 말했다.

"그놈 피가 그리 귀하다면 단단히 준비해 둬야 할 거야. 난 흥정에서 양보를 하지 않아."

"데려만 오시오. 절대 실망치 않을 거요."

"핫하! 좋군. 가자!"

마르칸이 크게 웃음을 터뜨리고는 이내 어두운 사막을 향해 낙타를 몰기 시작했다.

"따를까요?"

"아니 여기서 기다린다."

"하지만 저자가 다른 생각을 먹으면……."

"그럴 리 없다. 그 아이가 필요한 사람은 오직 우리뿐이니까. 그러니 우리를 찾아올 수밖에 없다. 우리가 아니면 그 녀석은 그저 한 명의 어린 노예일 뿐이 아니냐?"

"하긴 그렇군요."

"아이를 데려오면… 놈을 죽인다."

"마르칸을 말입니까?"

"음… 두 가지 죄가 있어. 하나는 우리가 주인이어야 할 놈들을 약탈한 죄, 둘은 우리가 그 아이의 피를 필요로 한다는 것을 안 죄! 죽어 마땅하지 않은가?"

"맞습니다. 정말 죽어 마땅한 죄를 지었군요, 마르칸은……."

감미로운 향기가 코 속으로 스며들었다. 바싹 말라 갈라졌던 입안으로 촉촉한 물의 향기가 느껴졌다.

모든 피가 쏠려 터질 것 같던 머리도 편안해져 있었다. 무엇보다 오랫동안 묶여 있던 두 손이 자유로웠다.

소년은 자신이 죽은 것이라고 생각했다. 몸으로 느껴지는 이 안락함은 자신이 살아 있다면 절대 느낄 수 없는 것이기 때문이었다.

더군다나 은은하게 스며드는 이 향기는 불행이 시작되기 전 소년의 전부였던 엄마의 냄새였다.

'천국이 정말 있구나.'

소년이 눈을 감은 채 생각했다. 눈을 뜨기가 싫었다. 눈을 뜨는 순간 이 안락한 천국이 사라지고 지옥이 나타날 것 같았다.

그런데 그런 소년의 귀에 거부할 수 없는 목소리가 들렸다.

"깨어났구나."

'엄마?'

분명 엄마의 목소리다. 그렇다면 자신은 정말 죽은 것이 분명했다. 죽지 않은 다음에도 죽은 엄마를 만날 수 없으니까. 하지만 뭐 엄마를 만날 수 있다면 죽었다고 한들 무슨 상관인가.

소년이 눈을 떴다. 그러자 소년의 눈에 아름다운 얼굴이 들어왔다. 머리 뒤쪽으로 눈부신 빛이 비추고 있어 자세히 보이지는 않았지만 엄마가 분명해 보였다.

"아가, 정신이 드니?"

"엄마? 정말… 엄마야? 나… 죽은 거야?"

소년의 입에서 나직한 목소리가 흘러나왔다. 그러자 조금 떨어진 곳에서 이질적인 목소리가 들렸다.

"거 이상한 놈일세. 주모님더러 엄마라니. 아무래도 아직 정신이 덜 돌아온 모양입니다. 주모!"

그러자 눈앞의 여인, 소년이 엄마라고 생각했던 여인이 대답했다.

"그런 모양이에요. 하긴 이 지경을 당했는데 바로 정신을 차리면 그게 더 이상하죠. 아가, 물을 좀 마시렴. 그럼 정신이 들 거야."

'엄마가 아냐.'

소년이 다시 눈을 감겼다. 현실을 인정하고 싶지 않은 모습이었다.

죽지 않은 것을 기뻐할 이유가 하나도 없었다. 오히려 산 것이 소년에게는 불행이었다. 최근 몇 개월 동안 소년에게 세상은 지옥과 같은 의미였다.

그런데 그때 부드러운 손길이 소년의 이마에 닿았다.

"아이야, 넌 죽은 게 아니란다. 그리고 미안하지만 난 네 엄마도 아니다. 하지만 힘들어도 일단 물을 좀 마시자. 그래야 살

수 있어."

"그냥… 죽고 싶어……."

소년이 혼잣말처럼 나직하게 중얼거렸다. 하지만 진심이 느껴지는 말이다.

소년을 부축하고 있던 여인은 소년의 말에 가볍게 몸을 떨었다. 대체 무슨 일을 겪었기에 차라리 죽기를 원하는 것일까.

소년의 나이는 대략 십이삼 세, 이 나이 또래의 아이들에게 죽음이란 세상에서 가장 두려운 일이었다. 그런데 소년은 그 죽음을 간절히 바라고 있었다. 극심한 고통을 겪지 않고는 일어날 수 없는 일이다.

문득 소년의 몸이 허공으로 떠올랐다. 소년을 부축하고 있던 여인이 소년을 들어 품속에 안은 것이다,.

"힘들었구나. 그래도 살아야 하지 않겠니? 네 어머니도 그걸 원하실 거야. 그리고… 네가 이 지경에도 죽지 않고 산 것은 네게 살아야 할 이유가 있기 때문이란다. 그 이유를… 잘 생각해 보렴."

여인이 소년을 안고 부드럽게 말했다. 순간 소년이 부르르 몸을 떨었다.

"살아야 할… 이유……?"

"그래, 사람은 누구나 살아야 할 이유가 있단다. 자신이 알건 모르건… 넌 살아서 해보고 싶은 일이 없니?"

여인이 묻자 소년이 다시 부르르 몸을 떨었다. 마치 벼락에 맞은 듯한 모습이다.

"괜찮니?"

소년이 심하게 몸을 떨자 여인이 소년을 몸에서 떼어 얼굴을 살피며 물었다.

"살아야 할… 이… 유……."

소년이 다시 중얼거렸다. 그리고 그 순간 여인은 소년의 눈에서 생기가 솟아나는 것이 보였다. 아니 그건 생기를 넘어선 강렬한 열망이었다.

"이유를 찾은 모양이구나."

여인이 미소를 지으며 물었다.

"예."

"다행이구나. 그런데 그 이유가 뭔지 물어봐도 될까?"

"복… 수!"

순간 여인은 소년을 땅에 떨어뜨릴 뻔했다. 소년의 눈과 얼굴 그리고 전신에서 흘러나오는 강력한 살기 때문이었다.

이 살기는 절대 죽어가는 아이가 뿜어낼 수 있는 살기가 아니었다. 이런 살기를 뿜어낸다는 것은 아이에게 선천적인 잠력이 존재한다는 뜻이었다.

여인이 말없이 소년을 바라봤다. 소년의 눈은 여전히 무엇인가에 대한 분노와 열망으로 번들거리고 있었다.

그때 문득 여인 곁으로 한 사내가 다가왔다.

사내가 여인을 보며 말했다.

"이제 걱정 없겠어. 살 이유를 찾은 놈이야, 그만 내려놔. 그리고 꼬마! 물 마시고 기운 차려라. 정신이 돌아오면 먹을 것을 주마!"

그러자 여인이 조심스럽게 소년을 땅에 앉히고 손에 나무로 만든 물통을 쥐어 주었다.

소년이 물통을 받아 벌컥 벌컥 물을 들이켰다. 그러고는 물통을 들어 자신의 머리에 물을 쏟아내며 고개를 흔들어 정신을 일깨웠다.

"거 참, 성질 한번 대단한 놈일세."

거침없는 소년의 행동을 보며 아이를 주시하고 있던 사내들 중 하나가 탄성을 흘렸다.

"아저씨가… 절 샀나요?"

머리에 물을 뿌려 물통을 완전히 비운 소년이 여인과 함께 서 있는 사내를 보며 물었다.

"샀냐고? 아니, 산 것이 아니라 살렸다. 넌 저기 매달려 있었어. 거꾸로."

사내가 손을 들어 사막 한가운데에 서 있는 앙상한 나무를 가리켰다.

순간 소년이 자신의 상황을 깨달았다. 그리고 갑자기 실성한 듯 웃기 시작했다.

"하하하, 하하하! 마르칸 네놈은 결국 날 죽이지 못했어. 하하하! 난 살아났다고! 마르칸… 널 반드시… 반드시 죽여주마!"

소년의 웃음소리와 처절한 외침이 사막 저 멀리까지 퍼져나갔다.

소년을 살린 일행은 그 처절함에 놀라 어린 괴물처럼 광소를 터뜨리는 소년을 그저 지켜보고만 있었다.

그런데 엉뚱하게도 소년의 광소에 대한 대답이 멀리서 들려왔다.

"하하하, 그래그래. 아주 다행이구나, 네놈이 살아 있어서. 네 운도 좋고, 내 운도 좋다. 더군다나 나 마르칸을 그토록 애타게 찾고 있었으니 우린 정말 좋은 인연인 모양이구나! 하하하!"

두두두!

빈 사막에서의 대답이 채 끝나기도 전에 모래 언덕 위에 낙타를 탄 일단의 무리가 나타나더니 모래 언덕을 달려 내려왔다.

그리고 무리 중 가장 선두에는 사나운 사람 장수 마르칸이 있었다.

제10장
소년 적사몽

"마르칸……."

단우하가 눈살을 찌푸리며 중얼거렸다.

"아는 자요?"

적풍이 물었다.

그러자 단우하가 뜨거운 열기를 막기 위해 머리에 두르고 있던 천으로 얼굴을 가리며 말했다.

"칠왕의 피가 흐르는 자입니다."

"그런데 그런 자가 왜 이런 곳에……?"

"칠왕 중 죽은 자들의 왕이라는 사혼왕은 천인총이라는 칠왕의 땅 서남쪽, 수백 개의 협곡이 거미줄처럼 얽힌 곳에 성을 가지고 있지요. 저자는 그 천인총의 장군 중 하나였는데 무슨 죄를 지었는지 천인총에서 추방되었습니다. 그런데… 이곳에서 흑상(黑商) 노릇을 하고 있군요."

"흑상?"

"칠왕이 땅에서 거래가 금지된 것을 거래하는 상인들을 그렇게 부릅니다. 사람이나 피 장사를 하거나 혹은 야수족들에게 좋은 무기를 밀매하기도 하고. 흑상이 모습을 보였다는 것은 이 근방에 흑상들의 장인 야시(夜市)가 선 모양입니다."

"멀리까지도 왔군."

"칠왕의 땅에서는 감히 엄두내지 못할 일이니까요. 그나저나… 저 녀석 내력이 있는 놈인 것 같습니다. 죽으라고 나무에 매달아 놓고 간 자가 다시 찾으러 온 걸 보면."

단우하가 설루의 곁에서 두려움에 떨고 있는 소년을 보며 말했다.

그사이 마르칸이 수하들을 이끌고 가깝게 다가왔다. 그의 시선이 십자성의 고수들을 스윽 한 번 훑어보더니 마지막에 소년에게서 멈췄다.

"고맙구나, 살아 있어줘서."

마르칸이 소년을 보며 미소를 지었다. 순간 소년이 자신도 모르게 몸을 떨며 설루의 등 뒤로 숨었다.

"형씨, 말은 바로 합시다. 살아 있어준 게 아니라 우리가 살린 거요. 그런데 당신이 나이 어린 애를 사막 한가운데 매달아 놓고 간 사람이오?"

감문이 일행을 대신해 앞으로 나서며 물었다. 그러자 마르칸이 손에 들고 있던 검으로 머리를 긁적이며 중얼거렸다.

"이걸 어떻게 해석해야 하나? 내가 좀 전에 내 이름을 말하지 않았던가?"

그러자 그의 곁에 있던 수하가 재빨리 대답했다.

"맞습니다. 장군께선 분명 존귀하신 이름을 말씀하셨습니다."

"그래 나도 분명히 기억해. 그런데 저자들은 마치 날 모르는 것 같지 않은가? 이봐, 설마 마르칸이라는 이름을 모르는 건가?"

마르칸이 짐짓 당황한 표정으로 감문에게 물었다. 그러자 감문이 씨익 미소를 지으며 되물었다.

"난 감문이라고 하는데 당신은 내 이름을 아나?"

"당연히 모르지."

"당신이 날 모르는데 내가 당신을 어떻게 알아?"

감문이 능글맞게 마르칸의 말을 되받았다. 그러자 마르칸이 다시 도를 들어 머리를 긁적이며 중얼거렸다.

"어떻게 한다, 모두 죽이는 게 편할까?"

"그러다 아이가 다칠 수 있습니다."

"음… 그렇긴 하군. 어쩔 수 없네. 거래를 하는 수밖에. 이봐, 어디서 굴러먹던 놈들인지 알 수 없지만 나 마르칸은 천인총의 장군이다. 그러니 아이를 내놓고 얼른 사라져. 그럼 목숨은 살려주마. 너희들 오늘 아주 운이 좋은 거야. 하긴 그 꼬마 녀석을 살렸으니 죽지 않을 자격은 있다고 해야겠지."

마르칸이 큰 아량을 베풀듯 말했다.

감문이 고개를 돌려 적풍을 바라봤다. 적풍이 가볍게 고개를 끄덕였다.

적풍의 의사를 확인한 감문이 다시 시선을 돌려 마르칸을 보며 말했다.

"아이는 내줄 수는 없을 것 같은데?"

"이런 네가 우두머리가 아니었군. 이것 봐. 넌 나를 아나?"

마르칸이 적풍을 보며 소리쳤다.

그러자 적풍이 차갑게 대답했다.

"천인총에서 쫓겨난 것은 알고 있지. 그런데 아직도 천인총의 장군 노릇을 하고 싶은가? "

적풍의 대꾸에 마르칸의 얼굴이 한순간에 굳었다. 마르칸이 살기가 가득한 시선으로 적풍을 노려봤다. 그 살기가 얼마나 강력한지 십자성의 고수들이 불식간에 병장기에 손을 가져갈 정도였다.

"그 말로 네놈들의 운명은 결정됐다. 그 꼬마 놈이 죽든 말든 상관없어. 그깟 금 몇 툭 정도는 포기하면 그만이니까. 하지만 네놈들은 모두 죽인다! 모두 죽여!"

마르칸이 싸늘하게 명을 내렸다.

그러자 그의 수하들이 일제히 낙타에서 내려섰다. 그리고 그 중 한 명이 두툼한 검을 빼들고 감문을 향해 다가가기 시작했다.

감문이 다시 적풍을 바라봤다.

그러자 적풍이 짧게 말했다.

"살기 싫다는 놈들이다, 죽여줘!"

적풍의 말에 마르칸의 수하가 자신도 모르게 걸음을 멈췄다. 적풍의 목소리가 이상하게도 그의 몸을 굳게 만들었다.

놀랍게도 마르칸의 살기 어린 명령보다 적풍의 낮고 조용한 명령이 오히려 몇 배는 더 무겁게 느껴졌다.

"운이 없구만."

적풍의 명을 받은 감문이 조롱하듯 마르칸의 수하를 보며 말했다. 그러자 마르칸의 수하가 갑자기 노기를 폭발시켰다.

"감히 내가 누군 줄 알고!"

마르칸의 수하가 검을 들어 그대로 감문을 내리쳤다.

쩌어억!

그의 검을 따라 허공에서 공기 갈라지는 소리가 일어났다. 그 요란한 소리와 함께 벼락처럼 감문의 머리 위에 적의 검이 떨어졌다.

감문의 눈에 놀라움이 떠올랐다. 자신을 향해 떨어지는 검에 실린 힘을 부딪치지 않고도 느낄 수 있었다.

하지만 그렇다고 두려운 것은 아니었다. 단지 밀매나 하는 자들 치고는 놀라운 무공이라 놀란 것뿐이었다.

감문은 놀라고 있지만은 않았다. 어느새 그의 손에 들린 검이 아래에서 위쪽으로 사선을 그리며 퍼져나갔다.

우우웅!

감문의 검을 따라 자욱하게 일어나 모래먼지가 상대를 덮쳐갔다.

그렇게 칠왕의 땅에 온 이후 처음으로 십자성의 고수가 사람과의 싸움을 시작했다.

쩌저정!

검과 검의 충돌이 일으키는 충격에 사방이 모래바람으로 휩싸였다.

마르칸이 호기롭게 적풍 일행의 죽음을 명령할 때만해도 순식간에 모래 사막이 피로 물들 것 같았지만, 싸움은 그의 기대와 다르게 흘러갔다.

마르칸의 수하가 보여주는 힘은 대단했다. 신력이라고 부를 만큼 강력한 힘을 지닌 그의 검은 스치기만 해도 중상을 입을 만큼 강력했다.

그러나 그와 맞서는 감문 역시 만만치가 않았다. 감문은 힘도 강하지만 몸이 유연하고 손이 빠르기로 유명한 인물이었다.

그 손놀림이 워낙 빨라서 적의 손에 들린 병기를 빼앗아 그 병기의 주인을 죽이는 것을 장난삼아 하는 인물이기도 했다.

그러니 감문이 상대의 공격을 너끈히 막아내는 것은 십자성 고수들에겐 놀랄 일이 아니었다.

더군다나 감문은 자신의 모든 재주를 쓰고 있는 것도 아니었다.

빠른 손놀림은 아예 드러내지도 않고 그저 검으로 적을 상대하고 있었다.

그래서 그 넉넉한 감문의 모습에 싸움이 시작될 때 잠시 긴장했던 십자성 고수들이 표정에선 여유가 보이기 시작했다.

싸움은 여전히 팽팽하고 어찌 보면 선공을 한 마르칸의 수하가 더 공세적인 것 같았지만, 십자성의 고수들은 감문이 아직 한 가지 본래의 실력을 모두 드러내지 않고 있다는 것을 알고 있었다.

십자성에 들어온 이후 수련해 온 무공 역시 마찬가지였다.

감문은 적을 오직 본신의 힘과 빠른 발로만 상대하고 있었다. 그가 십자성에 들어 수련한 검법의 절기들은 아직 꺼내지도 않았던 것이다.

만약 그가 자신이 지닌 검법을 펼친다면 아마도 쉽게 싸움은 끝이 날 것이다.

오랜 시간 거친 싸움을 통해 검을 단련한 듯한 마르칸 수하 역시 날카롭고 매서웠으나 강호의 절기를 감당할 바는 아니었다.

그럼에도 불구하고 감문이 자신의 독문무공을 꺼내들지 않은 것은 호기심 때문이었다.

감문은 이 싸움을 통해 이 땅에 사는 자들의 힘을 경험해 보고 싶었던 것이다.

그러나 상대는 달랐다.

강력한 힘으로 감문을 몰아치는 수하를 도도한 표정으로 바라보던 마르칸의 얼굴이 시간이 지날수록 점점 굳어지기 시작했다.

분명 싸움이 자신의 수하에게 불리한 것은 아닌데, 이상하게도 수렁에 빠진 듯한 기분이 들었다.

그리고 그의 오랜 경험에 의하면 이런 경우 시간을 끌수록 자신들에게 불리했다.

"활!"

마르칸이 싸움을 지켜보고 있던 수하 중 한 명에게 말했다. 그러자 수하가 재빨리 검은색 철궁을 마르칸에게 건넸다.

철궁을 받아든 마르칸이 조금의 망설임도 없이 벼락처럼 화살을 날렸다.

콰앙!

화살이 날아가는 길에서 굉음이 일어났다. 그만큼 강력하다는 증거다.

감문의 눈이 크게 흔들렸다. 더불어 그의 몸도 흔들렸다.

검을 쓰는 자를 상대하는 것은 여유가 있었다. 하지만 벼락처럼 날아드는 저 강력한 화살에 대해선 전혀 대비를 할 수 없는 감문이었다.

"젠장!"

감문이 할 수 있는 일은 욕설을 내뱉으며 최대한 몸을 뒤로 빼는 것 밖에 없었다.

쿠오오!

그럼에도 불구하고 감문은 자신이 마르칸이 날린 화살을 완전히 피할 수 없다는 것을 깨달았다.

마르칸의 공격이 너무 급작스럽기도 했고, 또 화살 자체에 실린 힘이 상상 이상으로 강력했다.

마치 십여 년 전 전마별호에서 보았던 의천노공 우서한의 파마시를 보는 것 같은 느낌이 들 정도였다.

감문의 몸이 기이하게 꺾였다. 머리가 좌측 무릎 아래로 내려왔고, 대신 허리가 머리가 있던 자리로 올라갔다.

감문의 선택은 확실했다.

살기 위해 큰 부상을 감수하고 머리 대신 몸의 다른 부위로 화살을 맞기로 선택한 것이다.

마르칸의 화살이 감문의 일장 안으로 들어왔다. 그리고 단번에 감문의 몸을 관통하려는 순간 거짓말 같은 일이 벌어졌다.

갑자기 모든 소음이 사라졌다.

감문은 몸이 꺾인 채 그대로 있었고. 그의 어깨 부근에선 마르칸이 날린 화살이 촉이 부르르 요동치고 있었다.

그리고 그 화살의 뒤쪽 끝, 새의 깃으로 방향을 잡을 수 있게 만든 화살의 끝 부분을 한 사람의 손이 잡고 있었다.

적풍이었다.

"성주!"

감문이 자신도 모르게 적풍을 불렀다.

"방심하면 죽게 돼. 어느 순간에라도."

적풍이 화살을 반으로 꺾어버리며 말했다.

"명심하겠습니다, 감사합니다."

감문이 얼른 신형을 세운 후 적풍에게 포권을 해보였다. 그러자 적풍이 고개를 한 번 끄떡이고는 사자처럼 소리쳤다.

"몽금과 금화는 루와 아이를 지킨다!"

"예, 성주!"

두 사람이 동시에 대답했다.

"나머지는 놈들을 벤다. 단 한 명도 살아 있으면 안 된다."

"예, 성주!"

예상치 못한 마르칸의 기습에 화가 난 십자성의 고수들 마르칸과 그 수하들을 향해 달려들기 시작했다.

"두목은 내가 맡는다."

적을 향해 무서운 기세로 질주하는 십자성의 고수들 귀에 적풍의 목소리가 들렸다.

적풍의 말에 십자성의 고수들이 마르칸에게서 비껴나 그 수하들을 공격하기 시작했다.

위기에서 살아난 감문 역시 처음부터 자신이 상대하던 적을 향해 검을 휘두르기 시작했다. 그리고 그의 검은 이전과 달랐다. 그의 검이 절정의 무공을 실어 움직이기 시작한 것이다.

"네놈들… 대체 누구냐?"

마르칸이 자신을 향해 다가오는 적풍을 보며 물었다.

강호에서 만났더라면 변방 오지의 강한 사투리가 섞인 말투라 생각했겠지만, 이 땅에서는 그래도 알아들을 수 있는 말이라는 것 때문인지 생경한 느낌이 들지 않는 말투다.

"내 손에서 살아난다면 말해주마!"

적풍이 청룡검을 빼들며 말했다.

적풍이 항상 가지고 다니는 세 개의 검 중 청룡검은 그가 가장 애용하는 검이다.

또한 적풍이 사자검이나 불의 검을 뽑지 않았다는 것은 마르칸이 자신을 위협할 만큼 위협적이지는 않다는 뜻이었다.

"감히… 나 마르칸을 모욕하다니. 죽음조차도 쉽지 않으리라."

마르칸이 검을 빼들며 으르렁거렸다. 검을 쓰는 실력은 몰라도 그 살기만큼은 무림에서도 찾아볼 수 없이 강렬했다.

무림에 수많은 살문과 마문이 존재하고 절대의 마인과 만인을 죽였다는 살수가 있다지만 그 누구도 마르칸의 살기를 따르긴 힘들 것이란 생각이 들 정도였다.

'역시 칠왕의 일족이라는 건가?'

적풍이 새삼스레 칠왕이란 존재들에 대해 경계심이 생겼다.

마르칸이 보여주는 이 전율적인 살기는 수련을 통해 만들어 낼 수 있는 것이 아니었다. 이 살기는 그의 피 속에 흐르는 선천적인 기운에 의한 것이다. 칠왕 일족의 피가 가지는 그 강렬함을 적풍은 마르칸을 통해 실감하고 있었다.

"감히 천인총의 피를 모욕한 죄, 죽음보다 더한 고통으로 감당해야 할 것이다."

검을 뽑은 마르칸이 낙타를 떠나 적풍에게로 향했다. 사나운 매가 땅 위의 사냥감을 노리듯 그렇게 마르칸이 적풍에게 날아들었다.

좌르륵!

마르칸의 검이 움직이는 경로를 따라 모래들이 그 기운 따라 일어나며 기이한 형상을 만들었다.

양 갈래로 갈라지는 파도 같기도 하고, 두 마리의 용이 적풍을 향해 입을 벌리고 날아드는 것 같기도 했다.

적풍이 청룡검을 오른 어깨 너머로 비스듬히 들었다. 그리고 그의 발아래 도달한 모래바람이 그를 향해 치솟아 오를 때 적풍의 검이 움직였다.

파앗!

청룡검이 강력한 진기를 일으켜 머리를 드는 용의 목을 치듯 두 갈래로 갈라져 일어나는 모래바람을 강타했다.

그러자 청룡검의 검기에 밀려 모래 바람이 힘을 잃고 사방으로 흩어졌다.

"이놈!"

모래바람이 흩어진 사이로 마르칸이 기이한 모습으로 적풍을 향해 뛰어들었다.

검을 앞세운 마르칸의 모습은 마치 한 마리 짐승같다. 그의 검은 그의 손에서 짐승의 날카로운 발톱처럼 번쩍였다.

좌우로 움직이며 달려드는 모습 역시 늑대가 사냥감을 공격할 때의 모습과 흡사했다.

적풍은 그 순간 자신을 향해 달려드는 마르칸이 사람이 아니라 사나운 야수처럼 느껴졌다.

"크핫!"

급기야 마르칸의 입에서 기합성이 터져 나왔을 때는 정말 그가 야수로 변한 듯했다.

적풍이 한 걸음 뒤로 물러나는 듯했다가 그대로 청룡검을 앞으로 밀어 넣었다.

콰아아!

마르칸이 앞세웠던 야수의 기운이 적풍의 검에 갈라지면서 적풍의 몸을 스치고 지나갔다.

쩌엉!

적의 기운을 흘려낸 적풍의 검이 그대로 마르칸의 검과 충돌했다.

콰쾅!

두 검의 충돌로 인한 충격으로 두 사람 발아래 있던 모래들이 분수처럼 하늘로 솟구쳤다.

그 혼란스러운 모래바람 속에서 마르칸의 검이 반으로 갈라지더니 적풍의 검이 그대로 마르칸의 옆구리를 벴다.

"크윽!"

마르칸의 입에서 처절한 비명이 흘러나왔다. 그의 몸이 허공으로 키 높이만큼 떠오르더니 낙엽처럼 힘을 잃고 뒤로 날아가 모래 위에 나뒹굴었다.

마르칸의 옆구리에서 흘러나온 피가 이내 사막의 뜨거운 모래로 흘러들어갔다.

"커컥!"

마르칸이 고통과 출혈로 인한 급격한 쇠락을 견디지 못하고 상처 입은 야수처럼 커컥거렸다.

일검에 적을 무릎 꿇린 적풍이 마르칸에게로 걸어갔다. 그러고는 힘겨워 하는 마르칸을 바라보며 말했다.

"네가 졌으니 내가 누군지는 영원히 모르겠군."

그러자 마르칸이 힘겹게 고개를 들어 적풍을 노려봤다. 눈빛에선 여전히 살기가 사라지지 않았다.

"놀랍군. 과연 칠왕의 일족다워. 그 오기, 감탄하지 않을 수 없군."

"네놈… 반드시 천인총의 복수를 받으리라."

"추방되었다고 하던데?"

적풍이 심드렁하게 되물었다.

"이 땅의 율법을 모르느냐? 비록 추방되었다 해도 칠왕의 피가 흐르는 사람의 목숨을 거두는 것은 칠왕에 도전하는 일이라는 것을 알 것이다."

"그런 법이 있었나?"

적풍이 여전히 무심하게 대답했다. 그러자 죽어가는 마르칸의 표정이 기이하게 변했다.

"칠왕의 법을 몰라? 네놈… 대체 어디서 온 놈들이냐?"

"모르고 죽으면 한이 될 것 같으니 말해주지. 난 교벽을 넘어서 온 사람이다. 칠왕의 일족이었다니 교벽을 알고 있겠지?"

"명계인이란 말이냐?"

"여기선 그렇게 부른다지. 그곳을?"

"젠장… 잡혈에도 미치지 못하는 명계 잡종에게 당하다니. 하긴 간혹 그 버러지 같은 것들에도 특별한 놈이 있다더니 오늘 내가 바로 그런 놈을 만났구나. 결국 무공이란 것을 익힌 놈이겠지? 그것도 아주 깊이……."

"역시 천인총 출신이라 아는 것이 많군. 아무튼 알 것 알았으니 이젠 그만 가거라."

적풍의 손에 가볍게 마르칸의 얼굴에 닿았다 떨어졌다. 그러자 마르카의 호흡이 거짓말처럼 멈췄다.

그때 적풍의 귀에 단우하의 목소리가 들렸다.

"도주하는 자가 있으면 안 되오. 저놈을 잡으시오."

단우하의 급한 목소리에 적풍이 고개를 들었다.

그의 눈에 모래 언덕을 타고 빠르게 도주하는 한 명의 흑의인이 보였다. 아마도 이 싸움에 뛰어들지 않고 멀리서 일행의 낙타와 짐을 지키고 있던 자인 모양이었다.

단우하의 경고에 십자성의 고수일부가 도주하는 자를 추격하기 시작했다.

그러나 그들의 추격은 길게 이어지지 않았다. 도주하는 마르칸의 수하는 사막을 평지처럼 달렸다.

반면 십자성의 고수들을 비록 무공을 수련했다 해도 사막의 모래에 발목을 잡혔다.

그래서 추격을 시작한지 채 일각이 지나지 않아 십자성의 고수들이 다시 적풍 등이 있는 곳으로 되돌아왔다.

"제길, 도저히 따라잡을 수가 없네."

추격을 멈추고 돌아온 이위령이 투덜거리며 옷에 묻은 모래들을 털어냈다.

"결국 놓쳤군. 곤란하게 됐어."

단우하가 어두운 표정으로 말했다.

"그놈 하나 놓쳤다고 뭘 그리 걱정하십니까? 보아하니 도망가는 것 말고는 재주도 없는 놈인 것 같던데."

이위령이 단우하를 보며 말했다.

"그렇지가 않네. 놈들이 이 아이를 다시 찾아 왔다는 것은 근처에서 열리고 있는 흑상들의 야시(夜市)에서 이 아이를 사겠다는 자를 만났다는 걸 의미하네. 그러니 도주한 자가 이곳의 일을 전하면 흑상들은 분명 우리를 추격할 것이네. 우리의 행보는 가능한 세상에 드러나면 안 되는데, 흑상들의 추격을 받다 보면 결국 사람들의 시선을 끌게 될 거고, 소공자와 그대들의 무공 또한 당연히 사람들이 이목을 끌 것이네."

"듣고 보니 그러네."

이위령이 입에 고인 침을 뱉고 도주한 자가 갔을 방향을 보며 중얼거렸다.

"이미 벌어진 일, 후회할 필요 없다. 일단 서둘러 이곳을 떠난다. 그리고… 왜 이 아이를 되찾으려 했는지 알아내시오. 죽이려던 아이를 다시 데리러 온 이유라도 알아야겠소."

적풍이 단우하에게 말했다. 그러자 단우하가 두 손을 들어 올리며 말했다.

"저더러 고문을 하라는 겁니까?"

마르칸의 부하 중 아직 숨이 붙어 있는 자가 두 명 있었다. 물론 그들은 결국 숨질 것이 분명했다. 하지만 편하게 죽기 위해선 그들이 알고 있는 바를 말해야 할 것이다.

"방법은 그대가 선택하시오."

적풍이 더 이상 말하기 싫다는 듯 설루와 아이가 있는 쪽으로 걸음을 옮겼다.

"괜찮아?"

적풍이 다가오자 설루가 물었다.

"별거 아니야. 그런데 역시 칠왕의 피가 무섭긴 하더군."

"그래? 그리 어려워 보이지는 않던데?"

"실력은 그리 대단할 것 없었는데, 그 살기가… 마음에 걸리는군."

"그렇게 대단했어?"

"강호에서 그런 살기를 지닌 자를 만난 적이 없어. 살기가 유형의 진기가 되는 것처럼 느껴졌어. 마르칸이라는 자는 천인총에서 쫓겨난 자라 했는데 그런 자가 그 정도라면……."

"하긴 지왕종문의 그 소문주과 염화마군도 대단했지."

설루가 문득 과거 일이 떠올랐는지 두 사람에 대해 말했다.

"그렇군. 이제 보니 두 번째로 칠왕의 일족을 상대한 거군."

"그 두 번 모두 이긴 건가요?"

문득 두 사람 이야기를 귀담아 듣고 있던 소년이 물었다. 뜬금없는 아이의 질문에 적풍과 설루가 동시에 아이에게 소년에게 시선을 돌렸다.

"몸은 괜찮은 거니?"

설루가 물었다.

"이젠 걸을 정도는 돼요."

소년이 대답했다. 그러자 설루의 눈빛이 빛났다.
"생각보다 회복이 빠르구나. 아니 정확히는 놀랍게 빠르구나. 십여 일은 걸릴 줄 알았는데… 반나절도 지나지 않아서……."
"어려서부터 다치거나 아파도 금세 회복했어요. 다른 아이들보다 훨씬 빨리요."
"그래? 그건 네가 아주 특별한 아이라는 뜻이겠지?"
설루가 물었다.
그러자 갑자기 소년이 입을 닫았다. 마치 말하면 말했다는 후회의 빛도 보였다.
그런 소년을 보며 설루가 부드러운 목소리로 말했다.
"우릴 걱정할 필요는 없단다. 말하고 싶지 않으면 안 해도 돼. 그러니 걱정 말거라."
설루의 말에는 기이한 힘이 있었다.
마치 세상 모든 사람의 어머니인 것처럼 십자성에서도 그녀의 말을 거부하는 무사들은 단 한 명도 없었다.
오히려 누군가에게 명을 내릴 때는 적풍보다 그녀의 명이 더 잘 지켜질 정도였다.
그런 설루의 말투와 분위기에 소년의 경계심도 눈 녹듯 사라진 듯했다.
"아니에요, 절 구해주셨는데. 이제 전 믿을 사람이 아주머니밖에 없는 걸요."
"아주머니?"
설루가 당황한 표정으로 적풍을 바라봤다.

그러자 적풍이 대답했다.

"맞잖아?"

"정말 당신도 그렇게 생각해?"

설루가 화난 표정으로 다시 물었다.

"물론 내게는 항상 어릴 때 같지만 다른 사람들에게도 그걸 강요할 수는 없지."

적풍이 냉정하게 말했다. 그의 입가에 희미한 미소가 지어졌다.

"좋아. 그 말 후회할 거야. 일단 그 문제는 나중에 이야기하기로 하지. 자, 그럼 우리 이야기를 계속해볼까? 우선 네 이름부터 알자. 내 이름을 설루라고 한단다."

설루가 자신의 이름을 먼저 밝혀 소년의 경계심을 누그러뜨리며 물었다.

"전… 사몽이라고 해요."

"사몽? 이름도 아주 특별하구나."

"성은 적가예요."

"응? 성이 따로 있었어? 그런데 적가라……."

"예, 그런데 그게 이상한가요?"

설루가 살짝 놀란 표정을 짓자 소년이 자신이 뭐가 잘못됐나 싶어 걱정스러운 표정으로 되물었다.

"아니 이상한 것은 아니고, 저 아저씨도 성이 적씨라서……."

설루가 턱으로 적풍을 가리키며 말했다.

"그, 그런가요?"

소년 적사몽이 겁을 먹은 눈으로 적풍의 눈치를 살피며 되물었다.

적사몽에게 적풍은 설루와는 정반대의 느낌을 주는 사람이었다. 비록 자신을 살려주고 마르칸을 물리쳤지만, 그가 마르칸과 싸우며 보여준 그 강력한 힘과 능력이 오히려 적사몽을 두렵게 만들었다.

"아무래도 우린 인연이 있는 모양이구나. 그런데 넌 어쩌다 저자, 마르칸이라는 자를 알게 되었니?"

"그건… 마르칸이 저희 마을을 습격했어요. 어른들은 다 죽이고 아이들만 노예로 팔기 위해 이리로 데려온 거죠. 그런데 왜 그런지 몰라도 이곳에 와서 갑자기 마르칸이 내게 자신의 제자가 되라고 했어요. 제가 싫다고 하니까 절 나무에 매달아 두고 간 거죠."

적사몽이 이미 숨이 끊긴 마르칸이 살아 있기라도 한 듯 분노의 눈길로 시신을 노려보며 말했다.

그 순간 설루와 적풍의 눈이 반짝였다. 그리고 두 사람은 마르칸이라는 자가 왜 이 소년 적사몽을 자신의 제자로 들이려 했는지 알아챘다.

마르칸과는 다르지만 어린 적사몽에게서 마르칸 못지않은 강렬한 기운이 순식간에 나타났다 사라진 것이다. 아마도 마르칸도 이 기운을 봤을 것이다.

선천적으로 이런 기운을 가진 사람은 결국 특별한 인물이 될 수밖에 없는 운명을 타고났다고 할 수 있었다.

"어릴 때부터 몸이 특별했었다고 했지?"

설루가 다시 부드럽게 물었다.

"네, 그런데 부모님은 절대 그 사실을 다른 사람에게 말하지 말라고 하셨어요."

"그래. 나라도 그랬을 것 같구나. 본래 특별한 능력을 지닌 아이는 그 재주로 인해 단명하는 경우가 많은 법이니까."

"부모님께선 우리 가족이 신혈족인데 불구하고 아바르를 떠나셨다고 하셨어요. 신혈족치고도 또 특별한 피를 가지고 있다면서… 지금 생각하면 차라리 아바르에 있는 게 나았을 텐데……."

"아바르를 떠나?"

듣고 있던 적풍이 설루를 대신해 되물었다.

"예……."

적풍이 나서자 적사몽이 겁을 먹은 듯 기어들어가는 목소리로 대답했다.

"신혈족의 특별함이야 칠왕의 후예들을 생각하면 이 땅에서는 그리 대단할 것도 아닌데 왜 아바르를 떠났지?"

확실히 의아한 일이긴 했다.

신혈의 피가 적풍이 떠나온 강호무림에서야 특별한 혈통이지만 칠왕의 땅에서는 잡혈로 취급받았다. 그러니 결국 적사몽이 가진 특별함이란 신혈의 피 이상의 것이라는 의미였다.

그런데 그런 적풍의 의문을 일부나마 풀어주는 사람이 있었다. 단우하였다.

"그 아이의 피를 사겠다는 사람이 있었답니다."

죽어가던 마르칸의 수하를 닦달해 마르칸과 소년에 대해 알아낸 단우하가 어느새 세 사람 곁에 다가와 있었다.

"피를 산다고 했소?"

적풍이 눈살을 찌푸리며 되물었다.

"그렇습니다. 흑상들 사이에선 흔한 거래지요. 그런데 이번에 열린 사막의 야시에서 이 아이를 특별하게 지목한 상인이 있었답니다."

단우하가 새삼스러운 눈으로 적사몽을 보며 말했다.

순간 적사몽이 부르르 몸을 떨었다. 마치 이런 일이 일어날 것을 예상하고 있었던 것 같은 모습니다.

"누군지 아느냐?"

단우하가 적사몽의 속내를 읽은 것처럼 물었다. 그러자 적사몽이 말문을 열 듯 말 듯한 표정을 짓다가 설루가 부드럽게 손을 잡아 주자 입을 열었다.

"누군지는 몰라요. 하지만… 아버지가 돌아가시기 전에 아바르의 영주 중 한 명이라고 들었어요."

"뭣? 아바르의 영주?"

단우하가 감짝 놀란 표정으로 되물었다. 지나치게 격렬한 반응에 적풍과 설루가 단우하를 의아한 눈으로 바라봤다.

"예, 그래서 아버지께서 어린 절 데리고 아바르를 탈출해 위험한 변경에서 숨어 사셨던 거예요. 저희 일가 십여 명이 모두 아바르를 떠났어요. 아바르에 남아 있으면 제가 없어진 걸 트

집으로 보복을 할 것이기 때문이지요."

"그걸 리가 없다. 아바르에서 매혈을 살인보다 더한 중죄로 다스리는데……."

"그런 건 잘 모르겠고요. 어쨌든 저는 그렇게 들었어요."

적사몽이 다부지게 대답했다. 자신의 부모가 자신에게 거짓말을 하지는 않았을 거란 확신이 있는 듯 보였다.

그런 적사몽을 보며 단우하의 얼굴이 일그러졌다. 아무래도 부인할 수 없는 사실인 듯 보였다. 적어도 적사몽이 거짓말을 할 리 없었고, 더군다나 오늘 이곳까지 적사몽의 피를 찾아온 자가 있지 않은가.

"언제 아바르를 떠났느냐?"

단우하가 흥분을 가라앉히고 차분하게 물었다.

"떠난 것은 삼 년 전이에요."

"삼 년이라… 제법 오래 숨어 살았구나."

"친족들이 그랬어요. 아버지라서 가능한 일이라고. 그런데… 갑자기 저자들의 습격을 받은 거죠."

적사몽이 다시 한 번 살기를 드러내며 마르칸과 그의 수하들을 노려봤다.

설루가 가만히 적사몽의 어깨에 손을 올려 그를 진정시켰다. 그러자 신기하게도 적사몽의 분노가 순식간에 사라졌다.

그 모습을 지켜보고 있던 단우하가 한숨을 쉬며 적풍에게 말했다.

"지금 당장 떠나는 것이 좋겠습니다."

"그럽시다, 마침 타고 갈 것도 생긴 듯하니."
적풍이 마르칸과 그 수하들이 타고 온 낙타들을 보며 말했다.
"그런데… 저 아이는 데려가시렵니까?"
단우하가 조심스레 물었다.
"그럼 두고 가잔 말이오?"
"적당히 살 길만 열어줘도 될 듯 싶습니다만……."
단우하는 적사몽을 데려가는 일이 탐탁지 않은 듯했다. 그러나 그의 의견은 단번에 거절됐다. 적풍이 아닌 설루에 의해서.
"이 아이는 데려갑니다."
"소주모님……. "
단우하가 난감한 표정을 지어 보였다.
"이 아이를 홀로 두고 떠난다는 것은 죽으라는 말과 같아요. 이 사막에서 그것도 자신이 피를 쫓는 자가 있는 상황에서 어떻게 이 아이가 홀로 살아남겠어요. 데려갑니다."
설루가 더 이상 반대는 용납하지 않겠다는 듯 단호하게 말했다. 그리고 동의를 구하듯 적풍을 바라봤다.
그러자 적풍이 설루에게 대답하는 대신 소년 적사몽에게 말했다.
"우린 아바르로 간다. 네가 도망친 그곳으로. 그래도 함께 가겠느냐?"
적사몽의 피를 원하는 자가 아바르의 영주 중 한 명이니 적사몽 스스로 동행을 원치 않을 수도 있었다.

그런데 적풍의 질문에 처음에는 겁을 먹은 듯하던 적사몽이 당돌하게 되물었다.

"그로부터 절 지켜주실 수 있나요?"

그러자 적풍이 냉정하게 대답했다.

"세상 그 누구도 널 지켜준다고 약속할 수 없다. 그런 약속을 하는 자가 있다면 절대 그를 믿지 말거라. 넌 스스로 네 자신을 지켜야 한다. 물론 내가 도와 줄 수는 있다."

그러자 적사몽이 이내 고개를 끄떡였다.

"옳은 말씀이세요. 그럼 다시 묻죠. 아바르에서 절 혼자 두고 떠나실 일은 없나요? 절 버리지는 않을 건가요?"

"내가 살아 있는 한 널 버리는 일은 없다."

"그럼 됐어요, 같이 갈게요."

적사몽이 망설이지 않고 대답했다,

그러자 뒤쪽에서 감문의 감탄소리가 들렸다.

"햐아! 그 자식 정말 배포가 대단한데?"

"그러게 말입니다. 자신의 피를 원하는 자가 있는 땅으로 가겠다니… 이봐라 꼬마야."

이위령이 적사몽을 불렀다.

적사몽이 호기심 가득한 눈으로 자신을 바라보고 있는 십자성 고수들에게 시선을 돌렸다. 그런 적사몽에게 이위령이 다시 말했다.

"넌 정말 운이 좋은 줄 알아라. 네 앞에 계신 분이라면 반드시 널 지켜주실 테니까."

이위령의 말에 적사몽이 마음이 놓이는 지 적풍을 바라봤다. 그러나 적풍은 적사몽의 시선을 무시하고 걸음을 옮기며 소리쳤다.

"서둘러라, 지금 즉시 길을 떠난다!"

조금은 냉정한 듯한 적풍의 태도에 적사몽의 표정이 시무룩해졌다. 그러자 설루가 그런 적사몽에게 부드럽게 말했다.

"서운해 말거라. 겉모습만 그럴 뿐 마음은 좋은 분이란다."

"정말요? 절 싫어하시는 것은 아닐까요?"

"싫어했다면 절대 데려가지 않았을 거다. 그런 사람이야."

"그럼 다행이에요."

적사몽이 그제야 미소를 보였다. 그러자 설루가 생각났다는 듯이 물었다.

"그런데 왜 처음 날 봤을 때 엄마라고 부른 거지?"

"아! 그거요… 그건… 너무 닮으셨어요. 어머니와… 목소리며 향기며 얼굴까지……."

적사몽이 꿈을 꾸듯 몽롱한 표정으로 설루를 보며 대답했다.

* * *

"무, 물 좀 주시오."

사막을 달려온 흙투성이의 사내가 검은 옷을 입은 중년 사내 앞에 쓰러지며 말했다.

그를 보고 있던 검은색 귀한 모피 옷을 입은 중년 사내가 고개를 끄떡였다.

중년 사내의 허락이 있자 그의 수하가 재빨리 물주머니를 쓰러진 사내 입에 가져갔다.

물 냄새를 맡자 쓰러졌던 사내가 시체가 일어나듯 벌떡 일어나 정신없이 물을 마시기 시작했다.

그런 사내를 물끄러미 바라보던 검은 옷을 입은 자가 낮은 목소리로 물었다.

"어찌 된 일인가? 당신의 장군 마르칸은?"

"자, 장군께선 죽었소."

"죽어? 누가 감히 마르칸을……."

이번에는 사내도 놀란 얼굴로 되물었다.

"그, 그놈들은 우물가에 있었소. 당신의 원했던 그 꼬마 놈과 함께……."

"그놈들? 대체 누굴 말하는 건가?"

"정체는 나도 모르오. 하지만 정말… 무서운 놈들 이었소. 장군도, 다른 형제들도 놈들의 상대가 되지 못했소."

"음… 쿰에 그런 자들이 있다는 소문은 듣지 못했는데……."

검은 옷의 사내가 고개를 갸웃했다. 그러자 그의 수하 중 하나가 대답했다.

"쿰은 끝없이 넓은 땅이 아닙니까? 알려진 것보다 모르는 것이 더 많은 곳입니다. 숨어 사는 강자들도 있을 겁니다."

"그렇긴 하지. 이 사막은 정말 한순간도 있기 싫은 곳이야. 하지만 조금 더 머물러야겠군. 그런데, 아이는 무사하던가?"

"무사해 보였소."

"좋아, 그럼 놈들과 아이에게 현상금을 걸어. 야시에 모인 모든 흑상들을 움직인다. 황금으로 말이야. 일단 황금… 백 톡으로 한다!"

"그렇게나 많이요?"

수하들이 놀라서 사내를 바라봤다.

"이제는 단순히 힘없는 아이 데려오는 일이 아니다. 마르칸은 정통은 아니어도 칠왕의 피가 흐르지. 그를 죽인 자들이라면 그 정도 값은 치러야지. 물론 아이를 팔면 이 손해는 충분히 만회되겠지."

"알겠습니다. 아마 그 정도 금자면 이곳 야시(夜市)에 모인 모든 흑상들이 추격에 나설 겁니다."

"우리도 간다. 우리가 먼저 잡으면 황금을 아낄 수 있으니까."

사내가 음산한 미소를 지으며 말했다.

『십자성—칠왕의 땅』 10권에 계속…